KB068021

자식에게
아무것도
남기지 마라

자식에게 **아무것**도 남기지 마라

초판 1쇄 찍은 날 § 2004년 3월 30일
초판 1쇄 펴낸 날 § 2004년 4월 10일

지은이 § 사토 가즈토시
옮긴이 § 김현영
펴낸이 § 서경석

편집장 § 문혜영
본문 편집 및 디자인 § 김희정 · 김민정
마케팅 § 정필 · 강양원 · 이선구 · 김규진 · 홍현경

펴낸곳 § 도서출판 청어람
등록번호 § 제1081-1-89호
등록일자 § 1999. 5. 31
어람번호 § 제3-0025호

주소 § 경기도 부천시 원미구 심곡1동 350-1 남성B/D 3F (우) 420-011
전화 § 032-656-4452 팩스 § 032-656-4453
http://www.chungeoram.com
E-mail § eoram99@chollian.net

ⓒ 사토 가즈토시, 2004

값 8,500원

ISBN 89-5505-861-6 03830

※ 파본은 본사나 구입하신 서점에서 교환하여 드립니다.
※ 저자와 협의하여 인지를 붙이지 않습니다.

인생의 총결산이
그릇되지 않도록

인생을 더욱 알차게 살기 위해

이 책의 제목은 『자식에게 아무것도 남기지 마라』이다. 제목에서부터 아무것도 남기지 말라고 강조하는 까닭은 두 가지다. 첫째는 무언가를 남기면 그것이 곧 상속 분쟁이란 비극으로 이어지기 때문이고, 둘째는 살아 있는 동안 자신의 모든 소유물을 전부 써야 하기 때문이다.

아무것도 남기지 말라는 말은 소극적으로 살라는 말이 아니다. 오히려 가능한 자신이 다 쓰지 못할 정도로 많은 재산을 모으고, 그 재산을 다 쓸 수 있도록 정열적으로 살라는 뜻이다. 가장 이상적인 삶은 파란만장한 인생을 살고 아무것도 남기지 않고 죽는 것이다.

유산 상속은 남은 가족을 분쟁으로 밀어 넣는 쓸데없는 행동이다. 그동안 사이좋게 지내던 자녀들은 유산 상속을 계기로 서로 소원해진다. 때로는 친척 관계가 아예 무너지기도 한다. 끈끈한 인연으로 맺어진 인간 관계가 하찮은 재산 때문에 무너지다니, 이보다 더 안타까운 일이 어디 있겠는가.

만약 상속받을 재산이 막대하다면 가족 외에 싸워야 할 대상이 하나 더 늘어난다. 상속세 납부라는 국가와의 전쟁이 바로 그것이다. 상속세 납부는 상속인을 파산으로 몰고 가는 지름길이다.

사람들이 남기고 싶어하는 유산 속에는 사업이나 가업도 포함

된다. 대부분의 창업가는 자식에게 자신의 사업을 물려주고 싶어
한다. 자신이 쌓아 올린 사업을 발전시키고 존속시키는 일은 자
신의 존재를 증명하는 일이기도 하다. 따라서 자식에게 대물림하
고자 하는 마음을 이해 못하는 바는 아니다.

선조 대대로 자영업에 종사하는 일본의 집안에서는 장남이 그
일을 물려받는 것이 당연한 일처럼 되어 있다. 아이도 어려서부
터 대물림을 당연하게 받아들이기 때문에 다른 직업을 찾아보려
고도 하지 않는다. 꼭 자영업이 아니더라도 경찰관의 자녀가 경
찰관이 되고, 선생님의 자녀가 선생님이 되는 일이 일본에서는
비일비재하다.

그러나 부모와 자녀의 능력이 꼭 같다고만 할 수는 없다. 적성
역시 마찬가지다. 사는 시대가 다르면 가치관도 달라진다. 자녀
가 원하지 않는 대물림은 장차 큰 화근이 될 수 있다. 그러므로
남기려는 것은 가능한 적어야 한다.

이 책은 일본의 거품 경제 붕괴 이후의 시기에 실제로 일어난
토지와 가옥 등의 상속 분쟁, 사업이나 가업의 계승 문제를 다룬
다. 변호사가 개입해서 해결해야 했던 사건인 만큼, 상속 분쟁이
든 사업 분쟁이든 그 상속 금액이 적지 않다. 그러한 분쟁은 상속

받으려는 금액이 큰 만큼 단순히 감정만으로는 해결할 수 없는 다양한 문제가 내포되어 있다. 그러나 금액이 크든 적든 상속 분쟁의 본질은 항상 똑같다. 평범한 직장인 가정에서도 얼마든지 똑같은 비극이 일어날 수 있는 것이다.

무엇보다도 중요한 것은 무언가를 남기려 하지 말고 열심히 자신의 인생을 살아가는 것이다. 특히 최근 청소년의 자살률이 급증하고 있다 하니 그들에게 이 말을 꼭 해주고 싶다.

—사토 가즈토시

이 책에서 설명되는 일본의 상속세법은 국내 실정과 맞지 않는 부분이 많아 작가의 동의 하에 국내 상속·증여세법에 맞게 내용의 일부를 수정하였습니다. 아울러 단위의 표기 또한 국내 실정에 맞게 원화(₩)로 계산 적용하여 표시하였습니다.

1장

남기지 않는 것이
가장 큰 선물

- 재산을 남기기 때문에 원망이 남는다
- 쓸 수 있는 재산과 쓸 수 없는 재산
- 부모 자식 간이라 해도 이해관계는 확실하게
- 상속 때문에 이기심이 생긴다
- 자식에게 진정한 자유를 주기 위해

재산을 남기기 때문에 원망이 남는다

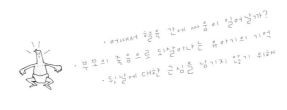

• 어째서 혈육 간에 싸움이 일어날까?
• 부모의 죽음으로 되살아나는 유아기의 기억
• 뒷날에 대한 근심을 남기지 않기 위해

어째서 혈육 간에 싸움이 일어날까?

부모에게서 유산을 물려받는 것이 과연 행복한 일일
까? 내가 관여한 상속 사건에 한해서 이야기를 하자면 행복한
결말을 맺은 사건은 참으로 드물었다. 금액의 많고 적음에 상
관없이 모든 유산 상속에는 싸움이 따라다닌다. 그렇다고 상
속 금액과 분쟁의 정도가 꼭 비례하지도 않는다. 적은 금액으
로 시작한 분쟁이 중대한 사건으로 발전하는 일도 허다하다.

흔히 사람들은 누가 막대한 재산을 물려받았다는 이야기를 들으면 부러움의 시선을 보낸다. 확실히 유산 상속은 굴러들어 온 복 같기만 하다. 그 재산을 얻기 위해서 무엇 하나 잃는 것이 없다면 단순히 굴러들어 온 복으로서 기뻐하면 그만인 것이다.

그러나 금액의 많고 적음에 상관없이 상속 유산 대부분은 물려받은 재산의 가치로 환산할 수 없을 만큼 큰 상처를 남긴다. 또 아무리 잘 해결된 상속 사건이라 해도 인간관계를 틀어지게 만들거나 누군가의 마음속 어딘가에 원망을 남기기 마련이다.

유산만 상속받지 않았다면 형제나 친척끼리 사이좋게 지낼 수도 있었을 텐데 사람들은 어떠한 형태로든 흑백을 가려야 하는 상황에 처하면 그만 서로에게 깊은 상처를 내고 만다. 태어나면서부터 줄곧 쌓아온 인간관계가 하찮은 돈 때문에 무너지는 것이다. 이렇게 추억이 퇴색해 버린다면 그것은 돌이킬 수 없는 손실이다.

유산 상속은 재산을 금전적인 가치로 환산하여 각자에게 분할하는 단순한 절차다. 그러나 받는 쪽에서 본다면 그때까지의 친자 관계나 형제 관계를 놓고 마치 이익을 결산하는 듯한 느낌이 든다. 나는 이러한 사건을 대할 때마다 차라리 상속할 재산이 없는 편이 낫다고 생각한다. 아련한 향수가 되어 마음 깊은 곳에서 살아 숨 쉴 가족 간의 추억이 유산 상속이라는 절차 때문에 원망으로 바뀌기 때문이다. 이것은 비극, 그 이상도 그 이하도 아니다.

부모의 죽음으로 되살아나는 유아기의 기억

기본적으로 아기는 부모의 품을 떠나지 못한다. 어느 정도 성장을 해도 항상 부모를 자기 곁에 붙잡아두려 애를 쓴다. 태어나서 이제 막 낯가림을 시작하는 시기에 아기는 심리학에서 말하는 '애착 행동'을 보인다. 애착 행동이란 자신의 주변에 있는 사람들 중에서 특정 인물을 선택하여 그 사람과 절대적인 신뢰 관계를 쌓는 행동을 말한다. 대체로 부모가 그 대상이지만 때로는 할머니나 유모를 선택하기도 한다.

아기는 자신이 선택한 대상에게서 충분한 사랑을 받으며 인간에 대한 신뢰를 배워 나간다. 그리고 절대적인 신뢰가 쌓이고 난 후에는 조금씩 그 대상에서 벗어나 자립하기 시작한다.

애착 행동을 나타내는 초기에 아기는 그 대상이 눈앞에 있어야 안심을 한다. 그런 다음에는 고개를 돌렸을 때 그 대상이 보이는 거리만큼 자립을 하고 불렀을 때 대상이 다가오는 거리만큼, 스스로 대상을 찾아낼 수 있을 거리만큼 차차 자립의 반경을 넓혀 나간다. 그리고 자신이 항상 그 대상에게로 돌아갈 수 있다는 안정감을 확보한 후에야 비로소 심리적인 자립을 확립한다.

이 시기에 특정인에 대한 신뢰를 확립하지 못한 아기는 성인이 되어서도 심리적인 자립을 형성하지 못한다. 따라서 부모나 형제를 비롯한 그 어느 누구도 온전히 신뢰하지 못한다. 이 시기에 얼마만큼의 애정을 확인했느냐에 따라 그 사람의 일생은 달라진다.

무슨 일이 생기든 의지하고 믿을 만한 대상이 있다는 심리적인 안정감은 애착 행동을 보이는 시기가 지난 후에도 계속해서 자립심을 확립하는 데 큰 영향을 끼친다. 그리고 이렇게 형성된 부모와 자신의 관계는 침범당하지 않는, 안정감을 얻을 수 있는 굳건한 성채로 마음 깊숙이 각인된다. 그러므로 비록 형제라 하더라도 이 불가침 영역을 침범해 들어오는 행위는 결코 용서받지 못한다.

형제 간의 싸움은 대부분 부모의 사랑이나 관심을 독점하려는 욕구에서 비롯된다. 그래서 부모에게 받은 선물이 형제의 선물과 다르다는 이유만으로 강제로 뺏거나 일부로 망가뜨리기도 하고, 형제 간의 격차나 무심코 비교하는 부모님의 말에 상처를 받기도 한다.

누구나 이러한 상처를 거의 해결하지 못한 채 어른이 된다. 그리고 어느 순간부터 잊어버리고는 과거의 아픔은 벌써 극복했다고 믿는다.

그러나 부모의 죽음과 함께 '유산 상속'이라는 상황을 맞이하게 되면 이러한 아픔은 굴절된 형태로 다시 불거진다.

뒷날에 대한 근심을 남기지 않기 위해

유산을 상속할 때는 유언을 가장 우선시하며, 유언이나 협의 분할이 없으면 법정 상속(자료편 참조)을 적용한다. 그러나 어떠한 경우든 분쟁을 피하지는 못한다. 유언장에 형제를 차별하는 내용이 나와 있으면 더욱 그렇다.

유산을 상속할 때 분쟁이 일어나는 까닭은 무엇일까? 어쩌면 상속 재산을 분할하기 위해서라기보다 같은 부모에게 태어난 자식으로서 자신의 존재를 증명하기 위해 분쟁을 일으키는지도 모르겠다.

만약 재산에 대한 자기 권리를 주장하기 위해서라면 법정 상속분에 따라 비교적 쉽게 분쟁을 해결할 수 있다. 그러나 부모에 대한 추억을 함께 공유한 형제로서 자신의 존재를 걸고 싸운다면, 그 분쟁을 원만하게 해결하기란 어렵다. 때로는 어떠한 이익도 남기지 못하고 끝나기도 한다.

협의 분할을 이끌어내지 못해 시간이 너무 지체되었을 때는 가산세가 붙어 오히려 재산을 잃어버리기도 한다. 따라서 그렇게 되기 전에 당사자들은 조금씩 참고 양보하여 원만한 해결을 보아야 한다.

그러나 아무리 잘 해결해도 얼마간의 원망이 남는 것은 어쩔 수 없는 일이다. 만약 상속 재산을 남기지 않는다면 어떻게 될까? 적어도 자신이 죽은 후에 재산 때문에 자녀가 싸우는 일은 일어나지 않을 것이다.

　사실 아무것도 남기지 말라고 했지만 사람이 이 세상을 떠날 때는 반드시 무언가가 남기 마련이다. 그러므로 뒷날에 대한 근심을 남기지 않으려면 될 수 있는 한 적게, 그리고 평등하게 남겨야 한다.

　건강하게 일할 수 있을 동안에는 벌 수 있는 만큼 충분히 벌자. 그리고 자신이 벌어들인 재산을 잘 정리해서 다음 세대에 물려주지 않기 위해 살아 있는 동안 마음껏 쓰자. 아무것도 남기지 않는 자세, 지금 이 순간 최선을 다해 살아가는 것이야말로 인생의 마지막을 준비하는 올바른 자세다.

쓸 수 있는 재산과 쓸 수 없는 재산

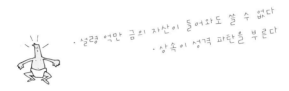

• 설령 억만 금의 자산이 들어와도 쓸 수 없다
• 상속이 성격 파탄을 부른다

설령 억만 금의 자산이 들어와도 쓸 수 없다

일본 자산의 70퍼센트는 토지다. 가부장제도와 관계가 깊은 상속 사건은 토지를 둘러싼 사건들 중에서도 가장 대표적인 사건이다. 토지를 상속받는 상속자는 일정한 절차를 밟지 않는 한 마음대로 팔아넘길 수 없다. 게다가 절차를 밟는데도 돈이 든다. 상속세는 현금 납부가 원칙이므로 토지를 판매한 대금이 손에 들어올 때까지 얼마간의 여유 자금이 없으면 제대로 상속받지도 못한다.

그런데 이러한 토지를 소유한 농가의 대부분은 현금 수입이 적은 편이다. 설령 몇십 억, 몇백 억의 값어치가 나가는 토지를 갖고 있어도 팔지 않는 한 돈 한 푼 손에 넣을 수 없다. 기껏 해봐야 작물을 재배해서 토지의 값어치에 훨씬 못 미치는 적은 금액으로 근근히 생활을 이어나가는 것이 전부다.

그러나 일단 상속을 받으면 토지는 상속 재산으로서 돈으로 평가되기 때문에 그에 따르는 세금 역시 돈으로 납부해야만 한다. 이러한 상속 재산을 소유해 보지 못한 사람은 빨리 팔아버리면 되지 않느냐고 쉽게 생각할지도 모르겠다. 하지만 조상 대대로 이어온 상속 재산을 자기 마음대로 팔아넘기는 일이 어디 그리 쉬운가.

본인의 아버지와 형제들도 자신의 권리를 포기한 채 그 윗대에서 물려받은 토지를 본가를 위해 이날 이때껏 지켜왔다. 그러한 토지를 아랫대가 마음대로 팔아넘긴다면 절대로 용서받지 못할 것이다. 만약 그랬다가는 조상을 뵐 면목이 없다며 친척들에게 비난받을 것이 뻔하다.

그래서 금전으로 환산하면 몇십 억, 몇백 억의 값어치가 있는 토지를 상속받아도 하루하루를 근근히 살아갈지언정 절대로 팔지 않는 일이 일본에서는 허다하다.

상속이 성격 파탄을 부른다

그러나 오늘날 가부장제도는 계속해서 붕괴하고 있다. 심지어 그러한 제도가 있었는지조차 잊고 살 때가 있다. 설령 자신의 대에서 세습 의식을 지켰다고 해도 다음 대나 그다음 대로 넘어가면 반드시 붕괴되고 만다. 세습 의식을 자신의 대에서 무너뜨리느냐, 아니면 자손에게 그 책임을 넘기느냐는 이미 시간문제다.

조상 대대로 이어온 자산을 지키기 위해 빈곤한 생활을 그대로 유지하는 일은 이제 아무런 의미가 없다. 그 일을 자손에게까지 강요하는 것은 더욱 당치 않다. 자신이 죽은 후에 상속 문제로 자녀 간에 분쟁이 일어나거나 상속 재산을 흥청망청 써버려 파산에 이를 조짐이 보인다면 아랫대의 평안을 위해 차라리 재산을 처분하는 편이 낫다. 비록 그 재산이 대대손손 이어온 소중한 토지일지라도 말이다.

대대손손 이어온 재산도 그러한데 하물며 자신이 벌어들인 재산은 처분하기가 오죽 좋겠는가. 마음대로 처분한다고 한들 누구도 불평을 늘어놓지는 못한다. 자신의 풍요로움을 위해 재산을 사용하는 일은 오히려 미덕에 가깝다.

또한 조금이라도 상속세를 덜 내게 하려고 전전긍긍할 필요도 없다. 분할하여 물려준 재산이 아무리 똑같다고 해도 원망이 남기는 마찬가지다. 그뿐만 아니라 굴러들어 온 호박 같은 상속 재산으로 더 나은 삶을 사는 사람도 그리 많지 않다.

재산을 상속받으면 대부분 분쟁으로 치닫거나 육친 간에 사이만 멀어진다. 어디 그뿐인가, 평생 써도 다 못 쓸 재산이 굴러들어 오면 으레 생활 방식이 급격히 바뀌어 심하면 성격 파탄에 이르기도 한다. 막대한 상속 재산을 남기려면 매우 철저한 상속세 대책을 세워두어야 한다. 그렇지 않으면 상속받은 사람들은 어마어마한 상속세와 전쟁을 벌일 수밖에 없다.

그러나 상속세에 대해 대책을 세우는 일은 그렇게 만만하지가 않다. 지나치게 머리를 쓴 나머지 도리어 전 재산을 날린 사람도 허다하다. 부모가 아무런 대책도 세워놓지 않고 막대한 재산을 남기는 바람에 힘들게 벌어들인 자신의 재산마저 잃고 파산하는 상속자도 많다.

부모 자식 간이라 해도 이해관계는 확실하게

- 비극은 A의 죽음에서 비롯됐다
- 갑자기 나타난 상속인 두 명
- 유언을 따를 것이냐, 아니면 법정 상속을 따를 것이냐
- 5억 원은 어디로?
- 유산 분할 조정 중에 돌연사하다
- 부모로서 마지막으로 해두어야 할 일

비극은 A의 죽음에서 비롯됐다

일반 서민들은 어차피 물려줄 재산이라면 가능한 많이 물려주는 편이 낫다고 생각한다. 그러나 만약 실제로 본인이 그렇게 많은 재산을 물려받는다면 그런 느긋한 소리는 하지 못할 것이다. 놀라운 세금 제도가 버티고 있기 때문이다.

다음 두 가지 예를 통해 상속세 때문에 얼마나 많은 사람들이 파탄을 맞이했는지 알아보자. 이 예를 읽고 나면 막대한 재

산을 상속받지 않은 자신을 행운아로 여길 것이다.

첫 번째 예는 고향을 떠나 도심지 근교에서 농업에 종사한 A의 이야기다.

A는 자리를 잡은 후 열심히 돈을 모아 대지주가 됐다. 넓은 논밭에서 작물을 재배하며 생활하던 A와는 달리 그의 자녀들은 모두 도심지로 새로운 직업을 찾아 떠났다. 세월이 흘러 논밭이 택지로 조성되면서 A는 토지를 빌려주거나 매각하며 삶을 꾸려 나갔다.

상속 사건이 발생하기 15년 전에 A는 뇌경색을 일으켜 반신불수가 됐다. 다른 사람의 도움을 받지 않으면 생활할 수조차 없었다. 그런 A를 돌보기 위해 네 남매는 각자 A가 소유한 토지에 집을 짓고 서로 번갈아가며 병간호에 정성을 다했다. A를 중심으로 똘똘 뭉친 가족 관계는 보기 드물게 화기애애했고, 이웃들도 아버지에게 정성을 다하는 네 남매를 침이 마르도록 칭찬했다. 그러나 A가 죽은 후, 비극은 시작됐다.

갑자기 나타난 상속인 두 명

A가 남긴 유언장에는 자신의 재산을 남자 자손 세 명에게 남긴다는 내용이 적혀 있었다. 유산은 약 80억 원. 유언

장에서 지적한 상속자는 차남과 삼남, 그리고 차남의 장남이었다. 그러나 함께 병간호를 한 사람은 두 자매를 더해 모두 다섯 명이었다.

장남은 A와 사이가 좋지 않아 집을 나갔고, 그 후에 그대로 외지에서 사망했다. 그래서 차남이 형을 대신해 A와 함께 살면서 모든 일을 처리해 왔다. 유산 상속자들은 협의를 거쳐 그동안 병간호를 해온 다섯 명이 유산을 똑같이 나누어 갖기로 했다. 여기까지는 아무런 문제도 없었다.

그러나 상속권이 있는 자손은 이들만이 아니었다. 이들은 A의 전처 소생이었고, 전처가 죽은 후에 새로 맞이한 후처 사이에 딸 하나가 더 있었다. A는 후처와 아주 오래전에 이혼했고, 이혼 당시에 상당한 금액을 건네주고 인연을 끊은 채 지내던 상태였다. 하지만 이 딸은 분명한 법정 상속인이었다. 그리고 죽은 장남에게도 딸이 하나 있었다.

A는 살아생전에 이 두 사람과 가깝게 지낸 적이 없었다. 장남의 딸이 고등학교를 입학할 당시에 그동안 모아둔 약간의 목돈을 보낸 일은 있었지만, 그 이후에는 편지 한 통 주고받지 않았다.

다섯 자손은 이 두 사람에게 '부친 생전에 병간호는커녕 가깝게 지낸 적도 없으니 몇십만 원으로 일을 수습했으면 좋겠다'라는 뜻을 전했다. 그런데 이에 발끈한 후처의 딸이 장남의 딸을 부추겨 자신들에게도 7분의 1에 해당하는 유산을 받을 권리가 있다며 몇십만 원으로 끝날 일이 아니라고 반박했다.

옥신각신 끝에 이들은 조정(調停 : 분쟁을 해결하기 위해 법원이 당사자 사이에 끼어들어 쌍방의 양보를 통한 합의를 이끌어냄으로써 화해시키는 일)을 받게 됐다.

유언을 따를 것이냐, 아니면 법정 상속을 따를 것이냐

아무리 넓은 토지가 있어도 농업에 종사하는 부친 밑에서 소박하게 살아온 다섯 자손에게 거액의 상속세가 있을 리 만무했다. 그래서 상속세에 관해서만 현물 납부가 인정되는 물납으로 세금을 납부할 수밖에 없었다.

그러나 물납 신청 기한은 6개월 이내다. 이 기한을 넘기면 물납을 하지 못한다. 납세 기간을 연장하는 연납(延納 : 납세 의무자가 한꺼번에 납부하기 곤란한 사정이 있을 때 일정 기간 안의 연부(年賦)로서 인정하는 납세의 유예)을 신청하려고 해도 계쟁(係爭 : 문제를 해결하거나 목적물에 대한 권리를 얻기 위해 당사자끼리 법적인 방법으로 다툼) 중일 때는 담보를 제공하는 절차를 밟을 수 없다. 만약 물납을 하지 못하면 자신들이 살고 있는 집까지 상속세 지불을 위해 경매에 붙여야만 했다.

유언은 법정 상속보다 우선시된다. 그러나 상대방은 유언이 무효라고 주장했다. 법정 상속을 따르면 상대방의 말대로 7분의 1씩 나누어 상속받게 된다. 그러나 유언을 따르면 일정한 상속인을 위해 남겨두어야 하는 유류분(자료편 참조)을 제외하고, 총 재산의 14분의 1밖에 받지 못한다. 결국 당사자들은 7분의 1을 받을 것이냐, 14분의 1을 받을 것이냐를 두고 싸우게 됐다.

5억 원은 어디로?

A가 죽기 삼사 년 전에 토지를 판 대금에서 5억 원이 사라진 적이 있었다. 상속 분쟁 중에 이 문제가 불거지기 시작했다.

매매 계약이 성립된 후에 A는 은행 계좌에 확실하게 대금을 입금했다. 그런데 며칠 후에 5억 원이 인출됐고 돈의 행방을 아는 이가 없었다. 고향 사람들이 자주 드나들었기 때문에 누군가가 가져갔을 거라는 억측이 난무했지만 정확히 누구 소행인지는 밝혀내지 못했다.

상속 분쟁 중에 이 문제가 불거지면서 동생들은 A와 함께 살던 차남의 짓이라고 의심하기 시작했다. 혼자서는 아무 데도 갈 수 없고 아무 일도 하지 못하는 A가 멋대로 돈을 쓸 리 없다는 것이었다. 이에 상대방은 차남이 착복하였든 남은 동생들이 나누어 가졌든 간에 그 5억 원도 상속 재산에 포함시켜야 한다고 주장했다.

물납 기한이 얼마 남지 않았다. 이대로 왈가왈부 싸우기만 하다가는 물납 신청은커녕 가족 모두 길거리로 나앉게 생겼다. 비록 말이 되지 않는다고 생각했지만 차남은 하는 수 없이 상대방의 주장을 받아들여 5억 원도 상속분에 포함시키기로 했다. 이것으로 문제는 잘 해결되는 듯 보였다.

유산 분할 조정 중에 돌연사하다

조정을 받던 중이었다. 네 남매는 가정 재판소 기록을 보고 후처가 A와 헤어질 당시 후처의 자식이 유류분 포기 절차를 밟았음을 알아냈다. 그런데 유류분 포기 절차를 밟았어도 유언이 없으면 법정 상속이 적용된다. 상대방은 그 사실을 알고 유언이 무효라며 재판이라는 모험을 감행한 것이다.

훔치지도 않은 5억 원을 상속분에 포함시킨 것도 억울한데 유류분 포기 절차를 밟았다는 사실도 밝히지 않았다니, 차남은 화가 머리꼭대기까지 치솟았다. 그러나 물납을 신청하려면 상속인 전원이 합의를 보아야 했다. 일단 기한 안에 합의를 이끌어내기 위해 차남은 치솟는 화를 가라앉히고 상대방과 화해를 시도했다.

그러나 어떻게 해도 분한 마음이 쉽게 풀리지 않은 모양이다. 차남은 다음날 아침, 동생들에게 전화를 해서 다시 한 번 다같이 모여 이야기하자고 제안했다. 그러나 그 말은 차남의 마지막 말이 되고 말았다. 차남은 전화를 끊은 직후 뇌경색을 일으켰고, 그 다음날 숨을 거두었다.

집안 사정이야 어떻든 간에 물납 기한은 가족을 기다려 주지 않았다. 차남의 유지를 받들어 그의 아들은 전원의 의향을 조정하기로 했다.

여기서 본인은 '상속으로 왈가왈부해 봐야 명만 재촉하게 됩니다. 부친 일을 보고도 모르시겠습니까? 재산 때문에 싸우기보다는 앞으로 어떻게 살아가느냐가 더 중요합니다' 라며 맏손자인 차남의 아들을 설득했다.

내 설득이 효과가 있었는지 맏손자는 함께 살고 있는 가족을 지키기 위해 상대방의 조건을 받아들이기로 했다. 상대방도 차남의 죽음에 어느 정도 책임을 지는 뜻에서 상속 재산의 10퍼센트를 보상금으로 내놓기로 했다. 이리하여 상속 분할 협의가 이루어졌다. 집도 경매에 넘어가지 않았고 상속세도 물납으로 대신했다.

사건은 성공적으로 해결됐다. 그러나 상속인들의 감정까지 깨끗하게 정리된 것은 아니었다. 만약 가장 가까운 혈육에게서 5억 원을 훔친 도둑으로 몰리지 않았더라면 차남은 죽지 않았을지도 모른다. 가족은 그 점이 너무나도 안타까웠다.

이 사건에서 분쟁의 씨앗이기도 한 후처의 딸을 꼭 나쁘다고만은 할 수 없다. 그녀는 정당한 자신의 권리를 주장했을 뿐이다. 어쩌면 버려진 어머니의 원통함을 달래주고자 그랬을 수도 있다. 가슴속 응어리가 항상 똑같은 형태로 분출되는 것은 아니지 않는가.

부모로서 마지막으로 해두어야 할 일

이 사건이 주는 교훈은 두 가지다.

첫째, 누가 잘했느냐 잘못했느냐를 떠나서 상속은 사람들의 내면을 들춰내는 계기가 된다. 그러므로 될 수 있는 한 분쟁으로 이어지기 전에 해결하는 편이 좋다. 그렇지 않으면 상속과 관계가 깊은 모든 사람이 스트레스를 받는다.

둘째, 아무리 부모 자식 사이라 해도 이해관계는 확실하게 밝혀두어야 한다. 이 사건만 해도 그렇다. 생전에 A는 모든 권리를 다 쥐고 있었다. 토지를 매각할 때도 항상 독단으로 처리했기 때문에 자녀들은 A의 재산이 얼마만큼인지 전혀 알지 못했다. 또한 그랬기 때문에 A가 소유한 땅에 집을 짓고 각기 다른 직종에 종사하며 생활을 꾸려온 것이다.

모든 재산을 손에 쥐고 있던 A는 상속세 대비책으로 곧바로 처분할 수 있는 토지를 마련하거나 토지를 환금성이 높은 채권으로 바꿔놓아야 했다. 그랬다면 상속인이 궁지에 몰리는 일은 없었을 것이다. 몸이 반신불수여도 대책은 얼마든지 세울 수 있었다. A는 막대한 상속세를 대비해서 자식들이 감당할 수 있는 어떤 대책을 마련해 두었어야 했다.

휠체어 위에서 죽음을 맞이할 때까지 자식들이 재산에 관여하는 것을 허락하지 않은 A. 그의 모습을 떠올릴 때마다 참으로 덧없는 삶이 아니었나 하는 생각이 든다. 몇십억 원이나 되는 재산이 있었지만 A나 그 자식들의 삶은 소박하기 그지없었다. 상속한 후에도 이는 달라지지 않았다. 비록 차남이 죽고 난 후에 받은 보상금으로 그때까지 살던 집의 부지를 자신들의 소유로 만들기는 했지만, 그렇다고 평범한 생활에서 탈피한 것은 아니었다.

도대체 무엇을 위해, 무엇을 지키기 위해 싸웠단 말인가. 일상으로 돌아와 지난날의 아픔을 치유하기에는 차남의 빈자리가 너무도 컸다. 참으로 안타까운 사건이 아닐 수 없다.

상속 때문에 이기심이 생긴다

- 지금까지 이어온 재산은 누구의 소유?
- 장남만 좋을 수는 없다
- 왜 어머니는 상속을 포기했을까?
- 사 남매의 생각이 모두 일치한 순간

지금까지 이어온 재산은 누구의 소유?

　　두 번째 예는 가부장제도와 관계가 깊은 전형적인 상속 사건이다.

　　농가로, 대대로 농지를 물려받은 아버지는 사망하기 이삼 년 전에 공정 증서(公正證書 : 공증인이 법률 행위와 사권(私權)에 관해 작성한 증서. 공문서로서 강력한 증거력이 있으며 집행력이 주어진다)로 유서를 작성했다. 재산 대부분을 장남에게 상속하겠다는 내용이었다. 상속 재산은 약 1백억 원이었다.

장남 이외에 상속권이 있는 사람은 어머니와 차남, 삼남, 장녀였다. 차남과 삼남은 아버지가 사망하기 훨씬 전에 각각 집을 한 채씩 받았고, 당시 명의는 아버지와 함께 공동 명의로 했다. 즉, 아내와 장녀는 아무것도 물려받지 못한 것이다.

아버지는 주변이 시가지로 변하면서 농사를 그만두고 농지에 아파트와 주차장을 지었다. 사망하기 1년 전에 집도 새로 지었는데 매우 근사한 호화 저택이었다. 장남의 지휘 아래 지은 이 저택은 아버지가 살아 계실 때도 실질적으로 장남의 소유나 마찬가지였다.

아파트에서 나오는 집세와 주차장 수입으로 부유한 생활을 보내는 장남과는 달리 다른 삼 남매는 아버지의 덕을 보지 못한 채 매우 평범하게 하루하루를 살았다. 어려서부터 본가의 장남을 우선시하는 가정교육을 받기는 했지만 그렇다고 삼 남매의 속이 마냥 편하지만은 않았을 것이다.

그러나 아버지가 살아 계신 동안에는 어느 누구 하나 불평을 털어놓지 않았다. 분쟁은 아버지가 사망한 직후에 터졌다. 아무것도 상속받지 못한 장녀가 도화선이 됐고, 차남과 삼남이 이에 가세했다.

장남만 좋을 수는 없다

　　　나는 장남의 변호사로서 법적으로 남은 유류분을 분
할하자고 제안했다. 물론 장남은 반발했다. 아버지도 또 그 아
버지도 모두 같은 방법으로 본가의 재산을 계승해 왔다는 것
이 그 이유였다. 아직 살아 계시는 친척들도 많은데, 그분들
역시 자신의 권리를 포기한 채 힘을 합쳐 본가의 재산을 지켜
왔으니 구태여 자신의 대에서 재산을 분할할 필요는 없다고
했다. 이는 장남뿐 아니라 친척 모두의 생각이기도 했다.
　그러나 이러한 주장만 늘어놓는다고 해서 문제가 해결되지
는 않는다. 장남도 처음에는 심하게 반발했지만 차츰 문제를
해결하기 위해 유류분을 양보하기로 마음먹었다.
　모든 상속 재산이 공개됐다. 약 1백억 원이었다. 그런데 삼
남매는 하나같이 상속 재산 중에서 아버지 명의로 된 예금 통
장에 금액이 너무 적게 들어 있다고 주장했다. 아버지가 살아
있을 때 예금 통장을 관리한 사람은 장남이었다. 돈의 흐름을
추적한 결과 확실히 불분명한 점이 많았다. 삼 남매는 2억 2천
만 원이 장남의 통장으로 들어갔다고 주장했다. 그러나 장남
은 절대 아니라고 부인했다. 일단 장남의 말을 믿기로 하고 삼
남매의 주장을 감안하여 상속 재산에 1억 원을 보태어 문제를
해결하기로 했다.
　상속 재산이 1백억 원이라고는 해도 대부분은 토지였다. 집

을 새로 짓기 전에 사용하던 본가가 남아 있었기 때문에 건물을 허물고 그 부지를 팔아 상속세를 지불했다. 그리고 주차장을 비롯한 다른 부동산의 가격을 평가하여 유류분에 상당하는 금액을 상대방의 상속 재산으로 지불했다.

이것으로 상속 문제는 일단락지었지만 또 다른 문제가 남아 있었다. 세무 조사를 받게 되었는데 상대방이 지적한 대로 아버지가 살아 있을 때 장남이 2억 2천만 원을 다른 계좌로 이동시킨 사실이 드러났다. 결국 수정 신고를 통해 장남은 추징금을 지불하게 됐다.

그런데 이미 상속 재산에 1억 원을 보태었으므로 수정 신고 금액은 1억 2천만 원이 되어야 한다. 그러나 이것은 어디까지나 유산 분할을 위한 임의 결정이므로 세금과 아무런 상관이 없었다. 장남은 2억 2천만 원에 대한 유류분 청구를 포기하고 그대로 추징금을 지불하기로 했다.

왜 어머니는 상속을 포기했을까?

이 사건에서 인상적인 점은 어머니의 존재였다.

남편이 사망하면 받는 아내의 법정 상속분은 다른 상속인 상속 지분의 5할을 가산한다. 따라서 어머니의 법정 상속분은 11분의 3(장남 : 차남 : 삼남 : 장녀 : 어머니 = 1 : 1 : 1 : 1 : 1.5)의 비율이 된다. 그러나 유서에는 아내에 대한 언급이 전혀 없었다. 아내 역시 그것을 당연하게 받아들여 아무런 불평을 늘어놓지 않았다. 장남과 함께 살고 있으므로 장남이 상속받으면 그것으로 족하다고 생각했는지도 모르겠다.

권리는 주장해야 비로소 효력을 발휘한다. 만약 유서가 있다면 유류분 반환 청구(遺留分返還請求 : 상속권이 있는 자에게 최소한의 상속분을 보증하는 제도다. 유언이 자신의 상속 권리를 침해한다면 유언이 있다는 사실을 알게 된 이후 1년 안에 권리를 행사해야 한다)를 신청하지 않는 한 모든 절차가 유언에 따라 진행된다. 또한 유류분의 신청은 상속이 발생한 이후 1년 이내에 해야만 한다.

삼 남매는 어머니도 상속을 받았으면 좋겠다고 주장했다. 그러나 어머니는 아무런 말이 없었다. 침묵은 곧 장남의 뜻을 따르겠다는 의사 표시와 같았다. 어머니는 권리를 행사하려 들지 않았지만 삼 남매는 어떻게든 모친에게 상속 재산을 남기고 싶어했다. 그런 행동은 어머니가 사망한 후에 다시 그 재산을 놓고 분쟁을 일으키려는 심사처럼 보이기도 했다.

그러나 실제로 그들은 어머니가 상속할 유산에 대해 이미 유류분을 포기하기로 합의를 한 후에 이러한 제안을 해온 것이었다. 그렇게 되면 모친에 대한 상속은 배우자 상속 공제(세금을 감면하는 제도의 하나로서 부양가족 공제 가운데 배우자 몫의 세금을 빼주는 제도이다. 상속세 과세가액에서 납세자의 배우자 몫에 해당하는 일정 금액을 덜고 상속세를 매긴다)에 해당되므로 상속세가 줄어든다.

이에 장남 또한 상속세 대책이 될 수 있다며 어머니를 설득했고, 어머니는 장남의 말을 받아들여 결국 11분의 3을 받게 됐다.

유산 분할 협의는 끝났다. 사 남매는 조정 성립과 함께 어머니의 상속 재산에 대한 유류분 포기 절차를 밟았다. 또한 어머니는 자신이 죽고 난 후에 자신의 재산을 장남, 장남의 처, 장남의 장남에게 물려준다는 내용의 유서를 작성했다.

이로써 사건이 완전히 일단락됐다. 그러나 사건이 끝난 후 장남은 아버지 제사에 동생들을 초대하지 않았다. 다른 친척들도 장남에게 거역하는 동생은 부를 가치가 없다고 입을 모았다.

사 남매의 생각이 모두 일치한 순간

사실 쌍방의 생각에는 큰 차이가 있었다. 또한 장남을 제외한 삼 남매도 상속을 위해 단결하기는 했지만 평소부터 사이가 좋은 것은 아니었다.

왜 이들은 사이가 좋지 못했을까? 이들이 재판을 하면서까지 장남과 맞선 까닭은 무엇일까? 이들은 자신의 상속분을 일부 포기하면서까지 어머니에게 상속분을 남기고 싶어했다. 도대체 그 이유가 무엇일까?

어쩌면 항상 아버지의 뜻만 받들며 조용히 살아온 어머니의 모습을 보고 남매가 똑같은 생각을 했는지도 모르겠다. 아버지가 돌아가시자 이번에는 장남 밑에서 장남의 뜻에 따르려는 어머니를 보고 무언가 권리를 찾아드리고 싶었을 것이다.

사 남매의 마음이 이렇게 순수한데 왜 자기들끼리는 신뢰를 쌓지 못했을까?

동생들은 어려서부터 가부장제도 아래 차별 대우를 받아왔다. 어쩌면 이때 느낀 시기심이 마음 깊이 남아 있다가 남매끼리의 신뢰 관계에 균열을 일으켰을지도 모른다. 다만 어머니에 대한 생각만큼은 일치했고, 그것이 곧 상속 문제로 이어졌다는 추측도 얼마든지 해볼 수 있다. 만약 그렇다면 어머니에게 유산을 상속함으로써 그동안 받아온 서러움을 얼마간 해소했을 것이다.

사 남매는 다시 각자의 생활로 돌아갔다. 장남을 제외한 삼 남매가 그동안 품고 있던 원망을 조금이나마 해소한, 어쩐지 한쪽 가슴이 시원해지는 그런 사건이었다.

장남은 분쟁 이후에 삶이 참으로 덧없다는 생각을 했다. 그리고 오늘을 어떻게 사느냐가 가장 중요하다는 사실도 깨달았다. 사건 이후 장남은 아내와 여행을 즐기면서 나름으로 평온한 생활을 보내고 있다.

자식에게 진정한 자유를 주기 위해

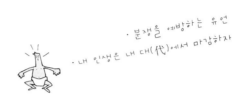

· 분쟁을 예방하는 유언
· 내 인생은 내 대(代)에서 마감하자

분쟁을 예방하는 유언

두 가지 예를 통해 다양한 인간상을 살펴보았다. 앞서 든 예는 모두 금액이 큰 사건이었는데, 상속 금액에 상관없이 모든 상속 문제에는 똑같은 이기심이 존재한다. 또한 각각 서로 다른 드라마가 존재한다. 이 드라마는 부모에 대한 서로 다른 추억에서 비롯되기도 하고 형제끼리의 이기심에서 시작되기도 한다.

분쟁을 예방하는 유일한 수단은 유언이다. 따라서 유언장을 작성할 때는 삶을 결산한다는 마음가짐으로 더욱 철저하게 작성해야 한다. 이따금 유언장 작성법을 소개한 책들이 베스트셀러가 되기도 하는데, 이러한 책 중에는 그대로 쓰기만 하면 매우 훌륭한 유언장이 될 만한 유언장 견본이 실린 것도 있다.

그러나 아무리 정성껏 유언장을 작성해도 무언가 부족한 점이 있다면 그대로 실행된다는 보장은 할 수 없다. 공정 증서로 유언장을 남겼어도 유류분을 청구하면 상속자는 차액을 받을 수 있다. 따라서 문제가 일어나지 않도록 유류분을 꼼꼼하게 계산한 후에 공평하게 분배해야 한다.

유언장으로 재산을 공평하게 분배할 자신이 없다면 차라리 유언을 남기지 않는 편이 좋다. 유언이 없으면 법률이 정한 상속분만큼 상속되기 때문에 누가 더 많이 가질 구실도 없고 누가 더 적게 가질 걱정도 없다. 그러면 원망도 남지 않는다.

내 인생은 내 대(代)에서 마감하자

사람은 눈에 보이는 것에 현혹되기 마련이다. 하물며 그것이 금품이라면 더 말할 필요도 없다.

흔히 생로병사(生老病死 : 사람이 태어나고 늙고 병들고 죽는 네 가지 고통)와 팔고(八苦 : 사람이 세상에서 면하기 어렵다는 여덟 가지 괴로움. 곧 생고, 노고, 병고, 사고, 애별리고, 원증회고, 구부득고, 오음성고를 이른다)는 인간의 업(業 : 미래에 선악의 결과를 가져오는 원인이 된다는, 몸과 입과 마음으로 짓는 선악의 소행)이라고 한다. 그렇다면 부모와 자식의 눈에 보이지 않는 집착과 재물이라는 가장 버리기 어려운 번뇌가 뒤섞인 상속은 금액과 불평등에 상관없이 상속자의 존재를 뒤흔드는 매우 큰 사건일지도 모른다. 만약 그렇다면 가능한 남은 자에게 정신적 부담을 지우지 않는 것이 남기는 자의 의무이리라.

아무것도 남기지 않으면 그만큼 남은 자의 번뇌가 줄어든다. 번뇌가 줄어들면 업도 줄어든다. 업이 줄어들면 어떠한 것에도 구속받지 않는 진정한 자유를 만끽할 수 있다. 불교에서는 이러한 마음의 상태를 해탈(解脫)이라고 부른다.

굳이 해탈이라는 거창한 단어를 쓰지 않더라도 육친 간의 싸움, 말다툼, 질투, 비난, 증오는 얼마든지 줄일 수 있다. 또한 재산을 남기지 않음으로써 부모는 자신의 삶을 있는 그대로 자식에게 남길 수 있고, 자식은 죽을 때까지 그 추억을 아름답게 간직할 수 있다. 자신의 삶은 자신의 대(代)에서 끝을 맺어야 한다.

일단 결정된 상속세는
무슨 일이 있어도 달라지지 않는다

- 상속은 남은 자에게 어떤 변화를 가져오는가
- 돈으로 바꿀 수 있는 재산과 그렇지 못한 재산
- 상속은 6개월 안에 승부를 내야 한다
- 세무 조사관을 속일 수는 없다
- 상속 때문에 파산을 맞이하는 자산가들
- 금싸라기 땅값에서 어마어마한 빚더미로

상속은 남은 자에게 어떤 변화를 가져오는가

이번 장에서는 죽은 자가 남긴 가장 대표적인 물질,
곧 상속 재산과 상속세를 다루고자 한다.

앞으로 예로 들 사건의 상속 금액은 일반인이 상상하기 힘
든 어마어마한 거액이다. 금액이 크면 상속세도 늘어난다. 그
리고 그 사이에서 갈팡질팡하는 사람들의 심리도 더 분명하게
드러난다.

사람들의 심리가 잘 드러나는 만큼 여러 사건을 통해 배울 점도 많다. 거액의 사건이므로 일반 서민인 자신과 아무런 상관이 없으리라는 생각은 버리는 편이 좋다. 금액에 상관없이 상속 사건에 휘말리는 사람들의 심리는 모두 똑같다.

백억 원을 상속받든 십억 원을 상속받든, 혹은 천만 원을 상속받든, 남은 자의 심리 상태는 모두가 비슷하다. 상속세와 관련이 있든 없든 간에 상속 금액이 남은 자의 심리 상태에 어떠한 영향을 끼치는지 자신의 상황과 비교해서 읽어보자. 무언가를 남길 만한 여력이 없다는 사실이, 아무것도 남기지 않고 떠나는 일이 얼마나 큰 행운인지 알게 될 것이다.

돈으로 바꿀 수 있는 재산과 그렇지 못한 재산

흔히 상속이라면 대부분 돈으로 환산한 가치를 떠올린다. 실제로 모든 상속 재산은 돈으로 환산한 금전적 가치를 우선하여 각 상속자에게 분할된다. 그러나 상속 재산 중에는 돈으로 환산할 수는 있어도 실제로 환금이 불가능하거나 매우 어려운 경우가 있다. 현금, 예금, 유가 증권처럼 쉽게 환산할 수 있는 재산도 있지만, 가치만 있고 환금성은 떨어지는 재산도 얼마든지 많다.

그러나 상속세는 현금 납부가 원칙이다. 환금할 수 없는 재산을 상속받아도 상속세만큼은 현금으로 납부하는 것이 원칙이다. 말도 안 되는 세제(稅制)라고 생각할지도 모르겠지만 그것이 현실이고, 또 그렇기 때문에 상속 파산도 발생한다.

그렇다면 지금부터 환금성이 떨어지는 재산을 상속받으면 어떤 일이 일어나는지 사례를 통해 알아보자.

상속은 6개월 안에 승부를 내야 한다

상속이 발생하면 사람들은 먼저 막대한 상속세에 놀란다. 상속세 세무 조사는 보통 유산 상속 신고서를 제출한 연도나 그 다음 연도 가을에 실시한다. 신고서 제출 기한은 상속이 발생한 후 6개월 이내다. 이 기한 안에 신고서를 제출하고 세금을 납부해야 한다.

상속세는 현금 납부가 기본이다. 그러나 납부할 세액이 1천만 원을 초과하는 경우 우선 세액의 4분의 1을 납부하고 나머지 4분의 3에 대하여는 세무서에 담보를 제공하고 3년 내에 분할 납부할 수 있다. 또 가업 상속 재산의 경우에는 5년, 상속 재산 중 가업 상속 재산이 차지하는 비율이 50퍼센트 이상인 경우에는 15년 내로 할 수 있다. 이것이 연납(延納)이다.

연납을 선택하려면 이러한 몇 가지 조건을 갖추어야 한다. 만약 조건을 갖출 수 없다면 상속에 한해서만 인정되는 물납을 선택할 수 있다. 단, 물납을 인정받으려면 매우 까다로운 절차를 통과해야 한다. 만약 이번에도 필요한 조건을 갖추지 못한다면 물납은 포기해야 한다.

그렇다면 연납이나 물납도 할 수 없어 상속세를 납부하지 못할 때는 어떻게 해야 할까? 모든 상속 재산을 포기하면 된다. 그러나 기본적으로 상속 금액보다 높은 상속세는 없다. 상속 재산을 팔면 반드시 상속세를 제외한 이익이 남는다. 따라서 상속이 발생한 후 6개월 이내에 현금 납부, 물납, 연납 중에서 어느 하나를 결정해야 한다.

무서운 것을 보기 싫어하는 심리가 작용하는 탓인지 고액의 상속세가 매겨진 용지를 보면 대부분의 사람들은 일단 눈부터 감아버린다. 그러나 부모님이 돌아가신 직후라서 어수선한 데다가 이리저리 뒤처리도 해야 하기 때문에 언제까지고 눈만 감고 있을 수는 없다. 일단 마음을 굳게 먹고 눈을 떠 상속세가 적힌 용지를 바라보지만, 그 막대한 금액에 또다시 놀라고 만다.

그러나 아무리 상속세가 싫어도 6개월 안에는 결판을 내야 한다. 상속세를 법정 신고 기한 내에 신고하면 상속인 등이 신고한 과세 표준에 대한 산출 세액의 10퍼센트를 납부할 세액에서 공제받는 혜택을 볼 수 있다. 하지만 신고하지 않거나 늦어질 경우 20퍼센트에 이르는 막대한 신고 불성실 가산세의 철퇴를 맞게 된다. 상속인들이 일치 단결해야 하는 이유는 이 때문이다.

세무 조사관을 속일 수는 없다

　　부모님이 돌아가시고 한창 바쁘게 지낼 무렵 찾아오
는 것이 세무 조사다. 조사관은 미리 방문하겠다는 연락을 취
한 후에 온다. 어느 날 갑자기 들이닥치는 경우는 없다.

　세무 조사는 보통 일상적인 인사말로 시작해서 고인의 명복
을 비는 식으로 이어진다. 매우 신사적이기 때문에 굳게 닫힌
마음이 어느새 눈 녹듯 풀어져 말해서는 안 되는 사실까지 주
저리주저리 말하게 된다.

　조사관은 전문가다. 그러므로 고인이 골프를 좋아하셨다는
말을 들으면 일단 골프 회원권부터 떠올린다. 고인은 아내를
이용할 줄 모르는 분이셨다는 이야기가 나오면 아내 명의로
된 예금이 어쩌면 고인 소유였는지도 모른다는 의심을 한다.
그리고 인사말과 평범한 대화가 오가고 난 후에 본격적인 조
사가 시작된다.

　일단 조사가 시작되면 앞서 꺼낸 이야기 중에 재산과 관련
된 물건은 전부 꺼내 보이는 편이 좋다. 숨기려고 해도 어차피
다 드러나기 때문이다. 통장은 물론이고 금전 출납과 관계가
깊은 물품은 숨길 생각을 하지 말고 다 보여주자. 어차피 상속

세를 신고할 때 부동산은 속일 수 없기 때문이다. 그나마 속일 수 있는 재산은 예금이나 채권과 같은 금융 자산이다.

특히 문제가 되는 자산은 고인 이외의 명의로 된 예금 통장이다. 아내를 포함해서 자녀의 명의로 되어 있는 통장이라도 수입과 지출에 대한 정당한 이유가 없으면 모두 고인의 재산으로 보기 때문에 신고 누락으로 처리된다. 따라서 무기명 할인 채권(액면 금액을 할인하여 발행하고 그 차액으로 이자를 대신하는 채권. 산업 금융 채권, 장기 신용 채권 따위가 있다)이 있으면 들키지 않도록 하고, 토지 따위를 팔았을 때는 할인 채권으로 바꾸어 보관하는 편이 좋다.

그러나 대부분은 숨기려 해도 다 발각된다. 할인 채권을 취급하는 은행과 세무서 사이에는 비밀이 없다. 은행원은 어떤 고객이 언제 만기가 되는지 일일이 기록하고, 은행은 금융청(국내의 금융 감독원)의 조사를 대비하여 모든 자료를 공개한다.

그렇다면 은행원을 통하지 않고 현금을 조용히 할인 채권으로 바꿔온다면 어떻게 될까? 물론 당장에는 할인 채권이 발각되지 않겠지만 돈의 흐름을 추적하다 보면 역시 끝까지 숨기기는 어렵다.

수정 신고할 내용이 있으면 솔직하게 따르는 편이 가장 좋다. 추징금만 지불하면 그 후의 상속세는 변경되지 않는다.

상속 때문에 파산을 맞이하는 자산가들

　　일본 자산 중 부동산 자산이 차지하는 비율이 70퍼센트이고, 그중 대부분이 토지다. 토지 가격은 시대에 따라 조금씩 달라진다. 거품 경제의 절정기와 그 후를 비교해 보면 쉽게 알 수 있다.

　물가가 달라지면 화폐의 가치도 달라지는데 이 세상에는 천지가 개벽해도 한 번 결정되면 절대로 달라지지 않는 것이 있다. 바로 상속세다.

　일본의 상속세법 하에서 가능한 20년 연납을 선택했다고 가정해 보자. 20년 동안 토지 가격이나 물가는 조금씩 달라질 수밖에 없다. 일반적인 변동 폭 정도야 어쩔 수 없다고 해도 거품 경제가 무너진 때나 IMF와 같은 사태가 일어난다면 어떻게 하겠는가. 무언가 구제 조치가 있으면 좋겠지만 불행히도 지금으로서는 아무런 조치도 마련되어 있지 않다.

　일본 거품 경제의 절정기와 오늘날을 비교해 보면 주택지는 약 5분의 1정도로 값이 하락했고, 상업 지역 중에는 10분의 1이나 20분의 1까지 값이 하락한 곳도 있다. 여기서 문제가 되는 것은 거품 경제의 절정기에 발생한 상속은 절정기 때의 토지 가격으로 계산된다는 점이다. 따라서 상속 재산을 전부 팔아서 상속세를 지불해도 상속 재산의 약 50퍼센트에 해당하는 상속세액을 채울 수가 없는 것이다.

현재 연금에는 물가 지수(物價指數 : 물가의 변동을 종합적으로 나타내는 지수)를 도입하고 있다. 토지 상속세에도 지가 지수(地價指數)와 같은 지수를 도입한다면 좋겠지만, 토지를 상속하면서 상속세를 납부해야 하는 사람은 일부의 자산가들뿐이라 앞으로도 그런 특례는 기대하기 어렵다.

흔히 삼 대(三代)에 걸쳐 상속을 하면 자산이 남아나지 않는다고 한다. 그러나 요즘은 일 대(一代)만 상속해도 재산이 반으로 줄어든다. 이는 마치 빈부 격차를 줄이는 평등 의식의 상징처럼 보인다.

그러나 정말 그럴까? 자산가가 상속 때문에 파산을 맞이하면 정말로 빈부 격차가 줄어들까? 대신 윤택해지는 사람은 도대체 누구란 말인가. 참으로 이상한 논리가 아닐 수 없다.

이 이상한 논리는 아직까지도 일부 사람들을 괴롭힌다.

1990년대 초, 일본의 거품 경제가 끝나지 않은 시기에 상속이 발생하여 20년 동안의 연납을 선택한 사람들은 놀라울 정도의 고액을 앞으로도 계속해서 상속세로 지불해야 한다.

금싸라기 땅값에서 어마어마한 빚 더미로

팔지 않으면 라면 한 그릇 사 먹을 수 없는 것이 토지라는 자산이다. 그래도 이전에는 금싸라기 땅이라고 부를 정도로 가치가 높아 토지만 있으면 파산할 걱정은 없었다. 그러나 일본의 거품 경제가 무너지면서 토지 가격이 급격히 하락한 지금, 금싸라기 땅은 옛말이 됐다.

거품 경제 시기와 비교하면 아무런 가치도 없는 토지를 이제 와서 매각한들 무슨 소용이 있겠는가. 라면 한 그릇은커녕 오히려 빚 더미에 오를 지경이다.

일본의 거품 경제가 무너지고 토지 가격이 하락하면서 현재 수많은 지주들이 상속 파산으로 내몰리고 있다. 몇십억 원이나 되는 납세액을 자랑하며 부자 순위에 이름을 내걸고 막대한 상속 재산으로 선망의 대상이 된 사람들이 그 상속세 때문에 파산을 맞이할 운명에 처했다.

만약 상속세를 체납한다면 이때 국가가 취하는 조치는 엄격하다. 소유하는 모든 재산을 압류해서라도 거둬들일 수 있는 모든 재산을 강제로 거둬들인다. 그러나 상속 재산에서 개인 재산까지 모두 쏟아 부어도 토지 가격이 천정부지로 뛰어오른 거품 경제 시기에 결정된 상속세액에는 미치지 못한다. 결국 대출금으로 산 주택까지 세금으로 충당해야만 한다.

세금 징수가 시작되면 사채업자들이 돈을 회수해 가는 방법과 비슷한 방법이 실시된다. 일단 세무 징수원은 가택 수사를 해서라도 돈이 될 만한 물품을 모조리 가지고 간다. 환금성이 있는 물품이 하나도 남지 않았다는 확인이 떨어져야 비로소 체납 처분이 정지된다. 사채업자들이 돈을 회수해 가는 방법에 비하면 좀 신사적일지도 모르겠다. 빚을 못 갚았다고 빚진 자의 딸을 윤락가에 넘기는 일은 없으니 말이다.

그러나 막대한 재산을 상속받은 후 곧바로 상속세 때문에 알거지가 되다니 참으로 요지경 같은 세상이 아닐 수 없다.

직장인이 평생 모을 수 있는 자산이 상속세의 분기점?

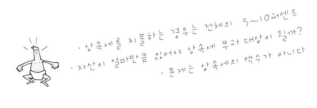

· 상속세를 지불하는 경우는 전체의 5~10퍼센트
· 자산이 얼마만큼 있어야 상속세 부과 대상이 될까?
· 문제는 상속세의 액수가 아니다

상속세를 지불하는 경우는 전체의 5~10퍼센트

이런 이야기를 들으면 우리 집은 어떻게 될까 하고 걱정이 앞서기 마련이다. 이전에 어떤 잡지에 '아무것도 남기지 말자'라는 제목으로 에세이를 쓴 적이 있다. 당시 태평양 전쟁 전후(戰後) 베이비 붐 세대에게 '남기고 싶어도 남길 것이 없는 사람들에게 힘이 됐다'는 이유로 큰 반향을 불러일으켰다. 자식에게 재산을 남기기는커녕 당장 먹고 살기도 힘들 때

'재산을 남기지 않는 행위의 정당성'은 마치 지옥에서 만난 부처님 같았을 것이다.

　상속세 문제에 있어 정년 퇴직할 때까지 내 집을 장만하고 퇴직금으로 대출금을 갚고 노후를 위해 저축을 하고 연금으로 노후 생활을 설계하는 일반 서민은 걱정하지 않아도 된다. 도중에 부모에게서 상당한 상속 재산을 받지 않는 한 대부분의 사람들은 상속세 대상에서 제외된다. 실제로 전체 상속 중에서 5~10퍼센트만이 상속세를 지불하기 때문이다.

　자산이 얼마만큼 있어야 상속세 부과 대상이 될까?

　　주택지에 60평짜리 토지와 건물을 소유하고 있다고 해보자. 상속이 발생하면 지가 공시 및 토지 등의 평가에 관한 법률에 의한 개별 공시 지가를 기준으로 토지를 평가하고, 상속세 및 증여세법에 의한 매년 1회 이상 국세청장이 산정, 고시하는 가액을 기준으로 건물 가격을 평가한다.

　통합적인 시가가 한 평에 6백만 원이라면 전체 평가액은 3억 6천만 원이다. 토지 이외의 재산은 집과 예금을 통틀어 약 4천만 원이라고 하자. 그럼 총 자산은 4억 원이다. 상속인은 배우자와 자녀 둘뿐이다. 이 경우 상속세 기초 공제 '2억 원'과 기타 인적 공제 '자녀 수×3천만 원'이므로 총공제액은 2억 6천여만 원이 된다. 5억원 이하일 때는 거주자의 사망으로 상속이 개시되는 경우 '기초 공제＋기타 인적 공제' 대신에 일괄 공제 5억 원을 선택하여 적용할 수 있다.

여기서 상속세 과세가액인 총자산 4억 원은 일괄 공제액 5억 원에 미치지 못하므로 상속세 대상에서 제외된다.

직장인이 정년까지 열심히 일해 내 집을 장만하고, 대출금을 갚고, 노후 생활을 위해 약간의 돈을 저축한다고 해도 대부분은 상속세 대상에 들어가지 못한다. 어쩌면 비과세 대상 한도액은 평범한 직장인을 기준으로 결정했는지도 모르겠다. 이 범위 내에서 1만 명이 사망한다면 상속세가 발생하는 것은 5백 명 정도라고 한다.

문제는 상속세의 액수가 아니다

같은 자산이라도 배우자가 전부 상속했을 때는 배우자 공제를 적용한다. 공제액은 최대 30억 원이 한도이다. 배우자 공제는 법정 상속분 액수와 30억 원 중에서 적은 액수의 금액으로 공제한다.

예컨대 40억 원을 배우자와 자녀가 분할한다면 5분의 3인 24억 원이 법정 상속 금액이 된다. 즉, 24억 원은 배우자 공제액인 30억 원보다 적으므로 공제가 가능하다. 만약 30억 원을 자녀와 분할한다 해도 법정 상속 금액은 18억 원이 된다. 역시 이 금액도 공제가 가능하다.

그렇다면 이 예를 참고로 하여 자신의 상속세를 계산해 보자. 공제 대상이냐 아니냐만 파악하면 어느 정도는 짐작할 수 있다. 만약 배우자가 없으면 배우자 공제가 적용되지 않는다. 게다가 자녀가 한 명이면 기타 인적 공제액도 적다. 만약 여기에 노후를 위해 마련해 둔 아파트가 한 채라도 있다면 상속세 대상에서 벗어나기 힘들다.

상속세 대상에 들어가도 과세 표준액 1억 원 이하일 경우 세율은 10퍼센트 정도이다. 즉, 과세 표준액이 1억 원이면 상속세는 1천만 원이 된다. 하지만 과세 표준액이 6억 원이면 누진세율이 적용되어 상속세는 1억 2천만 원이 된다. 이 돈을 한꺼번에 지불하기 어려우면 연납을 선택하면 된다. 단, 이 돈을 지불하는 사람은 내가 아니라 내 자녀이며 내 능력과 자녀의 능력은 별개다.

'상속세 대책'이란 주제로 강의가 열리면 수많은 사람들이 수강 신청을 한다. 이는 상속세 대상에 속한 사람이 그만큼 많다는 것을 뜻한다. 안일하게 난 괜찮을 거라고 방심하지 말고 지금부터라도 자신의 상속세를 잘 계산해 보자. 반복해서 말하지만 상속세를 지불하는 사람은 상속을 받는 사람이지 결코 상속 재산을 남겨주는 사람이 아니다. 상속세를 납부할 때는 상속 재산을 만든 사람이 이미 사망한 후이므로 상속인에게 어떠한 조언도 해줄 수 없고 돈도 빌려줄 수 없다.

아무리 상속세가 적다고 해도 상속인에게는 큰 고민거리가 될 수 있다. 액수가 많든 적든 문제의 본질은 달라지지 않는다. 따라서 생전에 자신의 손으로 자신의 재산을 처분하는 편이 가장 바람직하다.

상속세를 지불하고 싶어도 현금이 없다

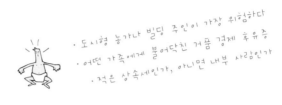

- 도시형 농가나 빌딩 주인이 가장 위험하다
- 어떤 가족에게 불어닥친 거품 경제 후유증
- 적은 상속세인가, 아니면 내부 사람인가

도시형 농가나 빌딩 주인이 가장 위험하다

일반 서민이 지불할 수 있는 연납 한도액은 10억 원 정도가 아닐까 싶다. 가업 상속 재산이어서 상속세 10억 원을 15년간 연납하게 된다면 연간 약 6천 6백여만 원을 지불해야 한다. 달로 환산하면 약 5백 5십만 원이다.

평범하게 벌어서 평범하게 살면 연 수입이 약 3천만 원 정도일 것이다. 그러므로 이보다 액수가 높으면 일반적인 수입으로는 납세를 감당하지 못한다. 만약 50억, 100억 원을 상속받는다면 연납을 선택한다 해도 상속 파산을 피할 수 없다.

이러한 고액 상속은 넓은 토지를 소유한 수도 근교의 도시형 농가나 차지(借地)를 많이 소유한 지주, 빌딩 주인에게서 흔히 발생한다. 일반 서민에게는 쉽게 와 닿지 않는 이야기일 수 있다. 그러나 수도 근교나 인접한 도시에서 농업을 한다면 설령 생계를 꾸려 나갈 정도의 농지를 소유하고 있다 해도 평가액은 금세 고액이 되고 만다.

또한 지금은 그렇지 않다고 해도 장차 농삿집 딸과 결혼할 수도 있는 일이니 결코 남의 일이라고 방심해서는 안 된다.

상속 과세 표준액이 30억 원 이상이면 50퍼센트의 초과 누진 세율이 적용되므로 15억 원에 가까운 세금을 납부해야 한다. 곧바로 현금으로 만들 수 있는 토지가 있다면 재빨리 팔아서 납부하면 그만이지만, 그렇게 하기 어렵거나 물납을 할 수 없을 때는 상속세를 납부하는 일이 만만치 않다. 만약 금액이 100억, 1천억으로 늘어나면 사태의 심각성은 더 말할 필요도 없다. 바로 이때 등장하는 것이 우리와 같은 전문가이다.

고액 상속 사건이 발생하면 상당한 전문 지식과 기술이 필요하므로 변호사, 세무사, 부동산 감정사, 인간관계를 조율하는 컨설턴트가 한 팀을 이룬다. 일단 팀이 구성되면 의뢰인의 상속 사건을 해결하기 위해 전략 회의에 들어간다.

먼저 전체 상속 재산을 파악하고, 조각 그림 맞추기를 하듯

한 조각 한 조각 끼워 맞추면서 전체상을 만들어간다. 부동산 매각 시기, 납세 방법, 물납을 위한 퇴거 비용 따위를 결정하고, 전체적인 균형을 깨뜨리지 않는 범위 내에서 하나씩 일을 처리해 나간다.

어떤 가족에게 불어닥친 거품 경제 후유증

일본의 거품 경제가 붕괴할 조짐을 보이던 1991년에 매우 상징적인 상속 사건이 일어났다. 나는 변호사, 세무사, 부동산 감정사와 팀을 이루어 이 사건을 담당했다.

도심의 주택지에서 농업에 종사하던 T의 가족은 막대한 토지를 소유하고 있었다. 그럭저럭 농지로 활용하는 토지도 있었지만 대부분은 택지를 조성해서 임대 건물을 세우거나 고급 아파트를 지었다. 세를 받고 빌려준 땅도 있었다.

덧붙이자면 일본의 도시형 농가에 대해서는 상속세 완화를 위해 '농지 납세 유예' 라는 제도가 있다. 이 제도의 내용은 도심 안에서 사망할 때까지 혹은 20년 이상 농업에 종사하면 그 농지에 한해서는 상속세를 면제한다는 것이다. 유예라고 못을 박은 이상 농업을 그만두면 그 순간부터 상속세가 발생한다. 또한 농업에 쓰이지 않는 토지 면적이 20퍼센트를 초과하면 유예가 취소되므로 전체가 모두 상속세 대상에 들어간다. T의 가족은 예전에는 도시형 농가였을지 몰라도 현재는 농지로 활용하는 토지가 매우 적었기 때문에 농지 납세 유예에 해당되지 않았다.

가족 구성원은 아버지와 장남, 세 자매로 어머니는 이미 10년 전에 사망했다. 아버지와 함께 본가에서 살던 사람은 장남 가족이었다. 두 자매는 결혼해서 먼 곳으로 이사 갔고, 막내딸은 결혼해 아버지와 한 동네에서 살았다.

적은 상속세인가, 아니면 내부 사람인가

아버지는 장남에게 모든 재산을 물려주고 싶다는 유언을 남기고 사망했다. 장남에게 우량 택지와 고급 아파트를 남긴다는 유언장도 있었다. 네 남매가 아버지의 마지막 말을 모두 같이 들었기 때문에 어느 누구도 유언에 대해서는 시비를 걸 수 없었다. 장남은 아버지의 유언에 따라 세 자매가 유산 상속을 포기해 주길 바랐다. 세 자매 역시 아버지의 유언이 그러하다면 어쩔 수 없다는 생각이었다.

그러나 상속 재산은 무려 1,800억 원이었다. 가장 먼저 이의를 제기한 사람은 막내딸의 남편이었다.

"아내는 본가와 가깝게 살던 탓에 장모가 사망할 때도 10년 전부터 병간호를 해왔습니다. 장인 대신 고급 아파트를 관리하거나 세를 받으러 다녔고, 가끔씩 피부가 까맣게 그을릴 정도로 농사일도 했습니다. 그런 아내처럼 사위인 저 역시 이것저것 장인을 위해 많은 일을 했습니다."

막내딸의 남편은 나를 찾아와 아내가 장인을 생각하는 마음이 깊은 만큼 법정 상속분을 아내에게 물려주고 싶다고 했다. 결국 다른 두 자매도 이에 힘을 합쳐 유산 분할 조정을 신청하기에 이르렀다. 장남은 비교적 처분하기 쉬운 토지를 위주로 유언 공정 증서에 따라 총 상속 재산의 절반을 상속받았고, 세 자매는 남은 절반을 나누어 가졌다. 그러나 문제는 그 상속 재산의 내용이었다.

세 자매에게 돌아간 재산은 모두 처분하기 어려운 토지뿐이었다. 게다가 이 세 자매는 상속세를 지불할 수 있을 정도의 현금도 없었고 연납을 선택할 금전적인 여유도 없었다. 상속세를 지불할 방법은 물납밖에 없었지만 토지가 전부 농지나 차지여서 물납 조건을 맞추기도 어려웠다.

도대체 어디에서부터 손을 써야 할지 막막했다. 팀을 구성해서 사건을 해결하는 일은 마치 배를 타고 강 하류를 건너는 것과 같다. 선장은 단 한 사람이다. 충분한 지식과 기술을 겸비한 선장은 강의 흐름에 따라 속도를 조절하고, 바위와 급류를 피할 수 있도록 그때마다 상황을 정확하게 판단해야 한다.

선장이 올바른 판단을 할 수 있도록 정보를 알려주는 것이 함께 배를 탄 구성원의 역할이다.

이미 배는 강의 흐름에 몸을 맡긴 상태였다. 상황이 어찌 되었든 구성원은 모두 선장의 지시대로 자신의 임무를 완수하는 데 전력을 다해야 했다. 무엇보다도 세 자매와 그 배우자를 합한 여섯 명의 인간관계를 하나로 묶는 일이 어려웠다. 이 사건에서 한 가지 다행스러운 점은 적이 내부에 있지 않다는 것이었다. 적은 외부에 있는 상속세였다. 팀의 모든 구성원이 상속세 지불을 목표로 일치단결했다. 그리고 그 단결력이 마지막을 승리로 장식하는 원동력이 됐다.

빌려준 토지의 가치를 부활시켜라

· 물납이 인정되려면 조건을 갖추어야 한다
· 국가가 지주라는 말로 설득하다
· 연간 수입이 200만 원밖에 되지 않는 토지가 10억 원으로

물납이 인정되려면 조건을 갖추어야 한다

상속에서 토지 가격은 지가 공시 및 토지 등의 평가에 관한 법률에 의한 개별 공시 지가를 기준으로 평가한다. 그러나 이 개별 공시 지가가 시가(時價)보다 훨씬 높을 때가 있다.

예컨대, 상속받은 토지 중에 산업 폐기물 처리장이 있다고 해보자. 개별 공시 지가 를 100이라고 하면 시가는 20밖에 되지 않는다. 현금으로 상속세를 납부하면 싼 가격인 시가를 적

용하여 상속 재산을 산정해 상속 재산 총액이 줄어들고, 그만큼 상속세액도 낮아진다.

반면 물납일 경우 물납 토지를 높게 평가받기 위해 개별 공시지가를 적용할 수 있다. 시가가 개별 공시 지가보다 비싸면 그 반대로 적용한다.

그러나 물납이 인정되어야 이러한 절세 방법도 가치가 살아난다. 사실 물납은 세무서에서 보면 번거로운 짐이나 마찬가지이기 때문에 가능한 피하고 싶어하는 조치다. 그래서 물납을 인정받기 위해서는 수많은 난관을 헤쳐 나가야 한다.

물납에 적합한 필요 조건을 지정한 법률은 얼마 되지 않는다. 세칙도 빈약하다. 납세지 관할 세무서장은 상속 또는 증여받은 재산 중 부동산과 유가증권의 가액이 당해 재산가액의 2분의 1을 초과하고 상속세 납부세액 또는 증여세 납부세액이 1천만 원을 초과하는 경우에는 대통령령이 정하는 바에 의하여 납세 의무자의 신청을 받아 당해 부동산과 유가증권에 한하여 물납을 허가할 수 있다. 다만, 물납 신청한 재산의 관리·처분이 부적당하다고 인정되는 경우에는 물납 허가를 하지 아니할 수 있다고 규정하고 있다.

이에 국세청에서는 이에 관한 내규(內規 : 어떤 개별 단체나 조직에서 그 실정에 따라 내부에서만 시행할 목적으로 만든 규정)를 만들어두었다. 그런데 담당관마다 해석이 달라서 어떤 담당관들은 일부러 상대방을 괴롭히는 듯한 세칙을 붙이기까지 한다. 예컨대 분양 아파트가 물납할 토지와 인접해 있으면 관리 조합의 승낙을 받기만 하면 될 일을 일일이 아파트 주민 모두에게 승낙을 받으라고 요구하기도 한다.

물납을 인정받으려면 등기 면적, 실측 면적, 상속세 신고 시 면적에 덧붙여 차지일 때는 차지 계약서 기재 면적을 합한 네 가지 측량도가 필요하다. 그 밖에 인접지에 대해서는 인지 경계(隣地境界) 확인서, 공공 도로와 접해 있을 때는 도로 경계 사정(査定)도 갖추어야 한다. 물납도 쉽지 않은 것이다.

국가가 지주라는 말로 설득하다

T가의 세 자매도 예외는 아니었다. 물납을 위해 모든 부동산 측량도가 필요했다. 그 비용만 해도 수억 원이었다. 그렇다고 하지 않을 수도 없었다. 물납을 인정받지 못하면 상속세를 지불할 수도 없고, 혹시라도 체납하는 날에는 파산을 피하지 못하기 때문이다. 어쨌든 6개월 안에 측량도를 만들어 물납에 필요한 모든 조건을 갖추려면 실력있는 부동산 감정사의 솜씨가 필요했다.

측량도를 담당한 부동산 감정사는 겐모쓰 이치로(釼持一郎)였다. 차지에 있는 저지(低地 : 지주가 소유한 토지 위에 타인 명의의 건물이 들어선 토지)를 물납으로 인정받으려면 차지인의 동의가 필요하다. 겐모쓰 이치로는 차지인을 만나 '국가가 지주가 되는 겁니다. 개인이 소유하면 저당권(채무가 이행되지 않을 때 채권자가 저당물에 대해 일반 채권자에 우선하여 변제를 받을 수 있는 권리)이 있네, 없네 하면서 일이 귀찮아질 텐데 그럴 염려는 없지 않습니까?'라는 말로 설득했다.

이 말은 사실이다. 만약 물납을 인정받지 못하면 어떤 사람인지도 모르는 사람이 그 땅을 취득하게 된다. 그러면 저당권이 설정되어 건물을 비워달라고 요구할지도 모른다. 그러나 국가가 소유하면 그럴 위험은 없다.

상속세를 위해 차지를 포기하는 지주도 많다. 지주의 처지에서 보면 차지를 물납으로 대신할 때 평가액이 시가 30~40퍼센트밖에 되지 않으므로 조금이라도 비싸게 팔 수 있는 길이 있다면 팔아버리는 편이 이득이다. 그러므로 차지인에게도 상속은 부지를 살 수 있는 절호의 기회다.

만약 그 당시에 현금이 없어 살 수 없다고 해도 기회는 또 있다. 일단 물납으로 토지 소유자가 국가가 되면 국가는 그 토지를 몇 년 후에 다시 내놓는다. 그때 사면 되는 것이다. 물론 국가가 다시 팔려고 내놓을 때는 공시 지가를 기준으로 하므로 상속세 대책으로 내놓았을 때보다 가격이 좀 비싸다.

겐모쓰 이치로의 설득은 효과가 있었다. 경지의 반값 정도로 매각이 진행됐다. 특히 '국가가 지주가 되면 더욱 안전하다' 는 그의 말 덕분에 큰 문제 없이 차지를 물납으로 인정받을 수 있었다.

연간 수입이 200만 원밖에 되지 않는 토지가 10억 원으로

이번에는 차지에서 농업에 종사하는 사람이 있다는 것이 문제가 됐다.

도쿄(東京)가 번화한 도시이기는 하지만 주의해서 잘 살펴보면 전혀 생각지도 못한 곳에 밭이 있다. 주택으로 둘러싸인 밭이나 배기가스가 흘러 들어오는 대로변 밭에는 파나 양배추 따위가 자란다.

자매가 상속한 토지에도 이러한 농지가 있었다. 할머니 한 분이 넓은 토지를 혼자 경작하면서 여기저기에 파나 양배추를 키웠다. 남편은 이미 사망했고 아이들은 농사를 짓는 대신 직장에 나갔다. 할머니의 연간 수익은 200만 원이 채 되지 않았다. 그러나 이 금액도 많은 편에 속했다. 경작물은 할머니는 물론이고 이웃들에게까지 돌아갈 만큼 양이 많았다.

전문적으로 농사를 짓는 것이 아니어서 그 밭에서 정확히 어느 정도의 수익이 나는지는 알 수 없었다. 하지만 가끔이나마 경작물을 팔아 수익을 올리는 이상 경작권이라는 강한 권

리가 발생한다. 권리가 있는 이상 아무런 보상 없이 떠나라고 할 수는 없다. 수입원인 농업을 그만두게 하려면 그동안의 수입을 보장하는 '이작료(離作料)'라는 퇴거 비용을 지불해야 한다. 우리는 연간 수익이 200만 원밖에 되지 않으므로 그에 상응하는 이작료를 생각했다. 그러나 소작인에게는 경작권이 있고, 상속권으로서의 경작권은 경지 가격의 30~40퍼센트나 된다.

이 밭의 평가액은 300억 원이었다. 그 35퍼센트가 할머니의 경작권이니 연간 수익과 비교하면 실로 어마어마하기 짝이 없는 금액이었다. 이 말도 안 되는 불공평함에 크게 놀란 사람은 자매뿐만이 아니었다. 우리 역시 너무 기가 막혀 한숨밖에 나오지 않았다. 하지만 할머니를 내보내지 않으면 물납을 인정받지 못했다.

농지 조정(調停)을 신청하고 관련 업무를 담당하는 공무원을 만나 너무도 불합리하다는 것을 이해시킨 끝에 10억 원으로 금액을 낮추어 경작권 문제를 해결했다. 이 10억 원은 다른 토지를 매각해서 충당했다.

하지만 연간 수익이 200만 원밖에 되지 않던 토지가 10억 원으로 둔갑해 버렸다. 10억 원이면 할머니가 500년 동안 농사를 지어야 손에 넣을 수 있는 돈이다. 도대체 이런 말도 안 되는 상속이 어디 있단 말인가.

상속 재산을 노리는 점유꾼

· 저지 가격은 상업지 경지 가격의
20~30퍼센트
· 돌파구는 엉뚱한 곳에

저지 가격은 상업지 경지 가격의 20~30퍼센트

　　대로변에 닿은 각지(角地 : 계통이 서로 다른 두 가로의 모퉁이에 있는 토지)에 큰 차지가 있었다. 그 차지에는 수입 차 전문 자동차 회사가 들어선 4층짜리 빌딩이 있었다. 이런 토지를 저지(底地)라고 부른다. 저지와 경지는 평가액이 다르다. 농업지일 때 저지는 경지 가격의 20~30퍼센트로 평가액이 낮다.

물납은 저지도 가능하다. 단, 차지인이 확실하게 지대(地代 : 남의 토지를 빌린 사람이 빌려준 사람에게 무는 세)를 지불해야 한다. 그러나 이 자동차 회사는 상속이 발생한 이후에 경영 부진으로 도산하고 말았다. 당연히 지대도 지불할 수 없었다. 물납 요건을 충족하지 못하게 된 것이다.

우리는 지대를 지불하지 않았으니 퇴거해 달라고 요청했다. 그런데 빌딩에는 이미 채권자와 관련있는 다른 회사가 들어와 있었다. 아무리 보아도 심보가 고약해 보이는 사람들이었다. 도산이나 상속 사건이 발생하면 돈을 노리고 달려드는 이른바 '점유꾼(占有屋 : 센유야라고 하며, 정당한 권리가 없으면서도 돈을 갈취할 목적으로 땅이나 가옥을 차지한 사람을 이른다)' 이었다.

점유꾼들은 도산한 자동차 회사에서 빌딩을 임대했다며 빌딩에서 영업을 해야겠다고 주장했다. 책임자는 한눈에도 알아볼 수 있는 조직 폭력배였다. 조사를 해보니 이 빌딩을 점거하기 위해 문을 닫은 자동차 회사를 사들인 전문가들이었다.

이들은 10억 원으로 토지를 사고 싶다고 전해왔다. 조금만 위협을 가하면 간단하게 건물을 손에 넣을 수 있으니 토지만 손에 넣으면 10억 원이 몇십억 원으로 둔갑하리라 예상한 모양이었다.

우리는 선수를 쳐서 도산한 자동차 회사에서 건물을 사들였다. 동시에 건물에 얽힌 이런저런 저당권도 모두 해결했다. 이 문제를 해결하기 위해 또다시 다른 토지를 매각해야 했다.

건물을 소유한 이상 점유꾼에게서 임대료를 받아야 했다.

그러나 이들은 임대료는커녕 토지 값도 내지 않고 계속해서 빌딩만 점거했다. 몇 번이고 교섭하러 갔지만 그때마다 점거 책임자가 바뀌었기 때문에 정확히 누구와 교섭을 해야 하는지도 알 수 없었다. 결국 재판소에 이러한 사실을 알리고 집행관과 함께 채무자(債務者), 즉 빌려 쓴 사람을 특정한 후에 재판을 시작했다.

돌파구는 엉뚱한 곳에

차주인 점유꾼의 주장은 이러했다.

"도산한 자동차 회사에 몇억 원을 빌려줬습니다. 회사가 갚지 못한다고 하기에 그 돈을 3년치 임대료로 전환해 빌딩을 임대했습니다. 이미 임대료를 지불했으니 이중으로 돈을 낼 수 없습니다. 당신들이 돈을 받을 상대는 내가 아니라 그 자동차 회사입니다."

그러면서 임대차 계약서를 내놓았다.

우리는 도산한 자동차 회사의 사장을 증인으로 불렀다. 그러나 불행히도 그 사장은 뇌경색으로 쓰러져 말도 제대로 하지 못했다.

　점유꾼들은 이러한 갈취 사건의 전문가들이었기 때문에 필요한 서류를 이미 다 확보해 둔 상태였다. 사장은 도산을 막기 위해 어떻게든 돈을 마련하고 싶었을 테고, 자연히 점유꾼들이 제시하는 조건을 두말없이 받아들였을 것이다. 임차료 선불서(賃借料先拂書)에는 사장의 자필 서명과 날인이 있어 법적으로도 문제가 없었다.

　그러나 임대료로 지불했다고 주장하는 금액이 본래 임대료의 10분의 1도 되지 않았다. 사장이 뇌경색으로 쓰러진 이상 달리 해결할 방법을 찾기도 어려웠고 재판관도 곤란한 상황이었다. 우리는 모든 서류를 다시 한 번 꼼꼼히 검토하기 시작했다. 언뜻 보기에는 잘 정돈된 서류 같았지만 점유꾼들이 말하는 순서대로 서류를 놓고 검토하자 앞서 나온 어음이 다시 등장하는 등 이상한 점이 한두 군데가 아니었다.

　우리는 우리가 조사한 내용을 보고서로 작성하여 재판에 승부를 걸어보기로 했다. 특히 자동차 회사에 빌려주었다는 돈의 출처가 애매했다. 한 점유꾼은 자신이 돈을 빌려주었다고 나섰는데, 역시 조사해 보니 그만큼 큰돈이 이동한 흔적은 어디에도 없었다.

　법정에 출두한 이 점유꾼은 침대 밑에 둔 돈이라고 했다. 수입 차를 판매하는 업종이다 보니 차를 팔고 나면 금고에 그 정도의 돈이 들어올 때가 있는데 그 돈을 썼다는 것이다. 우리는 소비세 신고서를 제출하라고 요구했고, 법정 공방은 그렇게 계속됐다.

마침내 지방 법원의 판결이 나왔고, 우리는 승소했다. 점유꾼은 건물을 비워주어야 하는 상황에 몰리자 고등 법원에 항소했다. 그러나 일단 지방 법원에서 판결이 나오면 고등 법원에서 이를 뒤집는 예가 매우 드물다. 고등 법원에서도 지면 점유꾼은 아무런 이익도 챙길 수 없다. 이를 내다본 점유꾼들은 여러 차례 실랑이를 한 끝에 화해를 신청했다.

점유꾼들은 재판 중에 임대료의 상당 부분을 공탁(법령의 규정에 따라 금전이나 유가 증권 따위를 공탁소에 맡겨두는 일)한 상태였다. 그 공탁금은 1억 원이나 됐다. 하루라도 빨리 일을 끝맺고 싶었기에 이 공탁금을 점유꾼에게 반환하는 것으로 해결을 보았다.

드디어 우여곡절 끝에 토지와 건물이 의뢰인의 손에 들어왔다. 즉시 건물을 부수어 경지로 만들고, 경지 평가를 실시하여 물납을 인정받았다. 이 사건이 해결되면서 83억 3천만 원이 들어왔다. 저지의 평가액이 16억 원이었으므로 건물 매입과 기타 비용을 합해 30억 정도가 들기는 했지만 충분히 싸울 가치가 있는 싸움이었다.

이제는 장밋빛 인생?

· 끊이지 않는 반란
· 미련을 버려야 할 때
· 법인은 손해와 이익,
개인은 좋고 싫음으로 판단한다

끊이지 않는 반란

    자동차 회사에 빌려준 토지를 물납하면서 상속세와 벌인 전쟁도 끝이 났다. 마지막까지 상속세라는 적과 맞서 세 자매의 결속력이 무너지지 않은 것이 승리의 요인이었다. 그러나 자잘한 반란은 이루 다 헤아릴 수 없을 정도였다.

    먼저 토지에 대한 가치 인식에 큰 차이가 있었다. 당시는 일본의 거품 경제가 무너지고 토지 가격이 하락하던 시기였다.

남편들은 그 땅이 오랫동안 저지로 쓰였으니 곧 가격이 올라갈지도 모른다고 생각했다. 지금 팔면 괜히 손해만 보지 않을까, 더 높은 가격에 팔 수 있지 않을까 하는 생각을 한 모양이었다. 남편들은 부동산 중개인에게 견적을 뽑아본 후에 그 땅을 팔아버리라고 부추겼고, 이 때문에 사소한 다툼이 끊이지 않았다.

그러나 세 자매는 부동산에 관해서는 문외한이었다. 세 자매가 교섭에 나서는 일은 일체 없었다. 우리는 달마다 한 번씩 설명 보고회를 열었고, 토지 매각을 위해 서류에 서명할 일이 아니면 자매를 따로 부르지도 않았다.

세 자매는 우리와 가끔씩 만날 때마다 감정의 기복이 심했고, 매우 초조해 보였다. 세 자매는 상대방을 본 적도, 직접 교섭에 나선 적도 없었다. 하지만 재판의 결과에 따라 자신들의 인생이 장밋빛이 될 수도 있고, 모든 것을 잃고 밑바닥으로 내려갈 수도 있다고 마음을 졸이는 것이 분명했다. 날이 갈수록 세 자매는 여위어갔다.

미련을 버려야 할 때

이러한 상속 사건에 상관없이 당시에 부동산을 취득한 사람들은 모두 같은 생각을 품었을 것이다.

"거품 경제 때 부동산 가격은 절정에 달했습니다. 그런데 가격이 그 절반도 안 될 정도로 떨어졌으니 이제는 오를 일만 남았습니다. 안 그렇습니까? 이보다 더 떨어진다면 일본 경제는 끝장입니다."

이런 부동산 중개인의 말만 믿고 부동산을 산 사람들이 적지 않았다. 확실히 상황만 놓고 본다면 매우 합당한 추측이다. 또한 거품 경제 붕괴의 영향이 아직 돈줄을 막는 데까지 미치지 못한 때여서 간단한 절차만 거치면 고액의 은행 융자도 받을 수 있었다.

일본의 토지 가격이 아무리 하락했어도 오늘날에는 현금으로 사는 방법 이외에는 어지간한 담보 물건이 아니면 융자를 받지 못한다. 따라서 토지 가격이 하락한 만큼 전체적으로 무엇이 이득이고 무엇이 손해인지 냉정하게 판단할 수 있어야 한다.

그러나 토지 가격이 하락하는 소용돌이 속에서, 그것도 재빨리 토지를 팔아야 하는 상황에서는 '좀 더 기다리면'이라는 느긋한 생각을 할 여유가 없다. 이런 생각을 하다 보면 의심만 늘어나고, 의심은 사건을 해결하는 데 아무런 도움이 되지 못한다.

그 사건으로부터 벌써 10년이 지났지만 일본의 토지 가격은 하락한 채 올라갈 줄을 모른다. 과연 몇 명이나 이런 상황을 예상할 수 있겠는가?

법인은 손해와 이익, 개인은 좋고 싫음으로 판단한다

물납을 한 후에 남은 재산은 전체 평가액으로 환산하여 세 자매가 똑같이 나누어 가졌다. 어떤 사람은 토지나 건물을 선택했고 어떤 사람은 전부 현금으로 바꾸었다. 이 사건의 세무를 담당한 같은 팀의 세무사는 이렇게 말했다.

"법인은 손해와 이익, 개인은 좋고 싫음이 판단 기준입니다. 우리의 일은 손님에게 무엇이 이득이고 무엇이 손해인지 설명해 드리는 겁니다. 선택은 손님의 몫이죠. 일반적으로 우리는 손님의 눈을 봅니다. 아무리 이득이라고 설명해도 눈빛이 빛나지 않으면 소용이 없습니다. 설명하는 도중에 손님의 눈빛이 반짝거릴 때가 있는데 그 반짝이는 눈을 보고 결정합니다."

세 자매는 각각 자기의 좋고 싫음에 따라 상당한 재산을 상속받았다. 모두 당시에는 상당한 값이 나갔지만 지금도 그 값이 그대로인지는 모르겠다. 대충 계산해 보면 한 사람당 300억 원씩 상속받았고 그중 상속세로 200억 원을 지불했으니 100억 원의 상속 재산을 손에 넣은 셈이다. 결코 적은 액수가 아니다.

단, 이 가격은 1991년도의 가격이다. 지금 시세로 환산하면 50억 원도 채 되지 않는다. 부동산을 선택한 사람은 계속해서 토지 가격이 하락했으므로 큰 손해를 보았을 테고, 현금으로 바꾼 사람은 그나마 덜 손해를 보았을 것이다.

아버지의 삶은 이어진다

・조금이라도 사회에 도움이 되었으면 좋겠다
・손해를 보더라도 지키고 싶던 것

조금이라도 사회에 도움이 되었으면 좋겠다

세 자매 중에서 상속 문제에 가장 담담하던 사람은 둘째인 M이었다. 언니나 동생이 하자고 부추기는 바람에 참가하기는 했지만, 시종일관 전문가에게 맡기겠다는 태도로 일관했다. M의 남편도 욕심이 별로 없는 사람으로, 아내가 상속받는 자리에 자기까지 나설 필요가 있겠냐며 보고회에 참석하는 일조차 꺼려했다.

세 자매와 그 남편들 중에서 아무런 이의도 제기하지 않은 사람은 M과 그 남편뿐이었다. 게다가 모조리 현금으로 바꾸었기 때문에 결과적으로는 언니나 동생에 비해 가장 올바른 선택을 한 셈이 됐다.

"처음에 상속세액을 보고 깜짝 놀랐습니다. 아버지 재산이 그렇게 많았다는 것도 처음 알았고요. 애들 키우느라 본가에 잘 가지도 못했으니까요."

그래서 적극적으로 상속 문제에 뛰어들 기분이 아니었다고 한다. 그러나 굳이 언니나 동생을 만류할 이유도 없었다. 일단 같이 힘을 합치기는 했지만 문제의 심각함을 깨닫고 나서부터는 심한 스트레스로 몸무게가 10킬로그램이나 줄었다. M이 가장 놀란 것은 언니나 동생의 남편이 상속 문제에 상당히 적극적이었다는 것이다. M은 우리에게 이렇게 말했다.

"아내가 상속받을 때 남편의 생각이 중요하게 작용하는 건 어디서나 일어날 수 있는 평범한 일이겠지요. 그렇지만 상속은 상속받는 본인의 문제입니다. 설령 배우자라 해도 본인의 생각보다 우선시돼서는 안 된다고 생각합니다. 전 그저 사토 선생님과 여러분께 감사드리고 싶은 마음뿐입니다. 큰돈을 받게 해주셨고, 덕분에 노후 걱정을 안 하고 편하게 살 수 있게 되었으니까요. 비록 마음

고생을 많이 하긴 했지만 액수가 액수인 만큼 후회는 없습니다. 그 돈으로 무언가 보람있는 일을 하고 싶어서 취미를 살려 하와이 풍의 작은 공연장을 지었습니다. 저나 남편이 하와이풍의 물건을 좋아하는 데다 훌라 댄스가 한창 유행이라 나이 드신 분들이 동호회를 결성해서 발표회도 여시곤 합니다. 아버지는 놀 줄 모르는 분이셨어요. 늘 일에 파묻혀서 지내셨죠. 지금도 검게 그을린 피부에 늦게까지 일하시던 아버지의 모습이 눈에 선합니다. 아버지가 그렇게 일만 하셔서 그런지 몰라도 저도 자식들에게 모범을 보이기 위해 솔선수범해서 일을 하다 보니 부지런을 떠는 것이 이젠 아예 몸에 배고 말았습니다. 어떤 분들은 막대한 재산을 가졌으니 가정부를 두고 우아하게 살겠구나 하고 말씀하시지만 전혀 그렇지 않습니다. 공연장도 다른 사람에게 맡기지 않고 제가 직접 꾸려 나갑니다. 그래서 그런지 날마다 얼마나 바쁜지 모릅니다."

M의 유일한 사치는 하와이로 여행을 떠나는 일이다. 그 외에는 연금을 받는 생활보다 조금 여유로워졌을 뿐 상속 전과 달라진 점이 없다고 한다.

손해를 보더라도 지키고 싶던 것

막내 딸 S는 본가 옆에 살며 치매에 걸린 어머니가 돌아가실 때까지 10년 동안이나 보살펴 왔다. 아버지와 함께 재산 관리도 하고 외출하실 때면 늘 따라다니며 나이 드신 아버지를 돌봐 드렸다. 그래서 갑자기 쓰러져 1개월 만에 돌아가신 아버지에 대해 나름으로 생각도 많았다. 슬퍼하기도 많이 슬퍼했고 원망도 많았다. 어쩌면 아버지 살아생전에 남이 모르는 어떤 약속을 했을 수도 있었다.

따라서 S의 상속 문제는 아버지가 돌아가신 시점이 아닌 어머니를 병간호할 때부터 시작된 일인지도 모른다. 그렇게 놓고 보면 아버지의 죽음은 상속세 발생이라는 단순한 통과점에 지나지 않는다. 그만큼 S는 집착이 강했다.

금융업에 종사하던 남편이 이에 가담하면서 집착은 권리 주장으로 이어졌다. 남편 역시 장인을 대신해서 이것저것 잡일을 많이 맡아왔다고 한다. 아무래도 멀리 떨어져 있는 두 자매보다 신경 쓸 일이 많았을 것이다. 어쩌면 그랬기에 권리 주장에 앞장섰는지도 모른다.

S가 유난히 집착한 재산은 아버지가 처음으로 손을 댄 아파트였다. 세를 받고 남에게 빌려주기는 했지만 그 아파트는 집안의 기념탑과도 같은 건물이었다. S가 상속받은 그 아파트는 이제 거의 가치가 없는 건물로 하락해 버렸다. 지금 같은 불황의 시기에 부동산은 그리 안정적인 자산이 되지 못한다. 당시 우리들은 그런 낡은 아파트는 팔아버리는 편이 좋다고 몇번이고 S를 설득했다. 그러나 S는 농사꾼이신 아버지가 토지

를 농지 이외의 용도로 사용한 최초의 건물이라며 금전적인 가치를 따지기보다는 그냥 계속해서 지켜 나가고 싶다고 했다.

"농사는 토지가 없으면 할 수 없는 일입니다. 수확량을 늘리기 위해서는 반드시 토지가 필요하지요. 이는 자산을 늘리기 위한 토지가 아니라 어디까지나 작물의 수확량을 늘리기 위한 토지입니다. 나라 정세가 많이 바뀌면 우리 같은 농삿집도 바뀌기 마련입니다. 도시형 농가로는 생활하기 힘들어졌기 때문에 시대의 흐름에 맞춰 아파트를 세우는 등 다른 용도로 토지를 이용하게 되었지요. 그런 토지에 막대한 상속세가 붙었습니다. 아버지와 할아버지가 검게 그을려 가며 열심히 경작했고, 우리도 어려서부터 아침 일찍 일어나 아버지를 도왔습니다. 그런 토지가 세금으로 절반이나 날아갔습니다. 전 아직도 그 점이 이해가 되지 않습니다. 말이 안 돼요."

S는 상속을 계기로 다른 세제까지 다시 보게 됐다고 한다. 주로 부동산을 상속받았기 때문에 S의 생활은 상속 전과 별로 달라지지 않았다. 항상 소박하게 살아온 아버지의 생활 태도를 S가 그대로 물려받은 것이다.

상속과 부동산 매각은 돌이킬 수 없다

• 상속은 가족 분열을 위한 의식

상속은 가족 분열을 위한 의식

T가의 상속 문제는 완전히 해결됐다. 해결이 나기까지 약 10년이란 세월이 흘렀다. 세 자매는 그 세월 동안 상속세라는 공통의 적을 상대하기 위해 일치단결했다. 그러나 문제가 종결되면서 더는 뭉쳐야 할 이유가 없어졌다. 문제는 해결됐지만 네 남매의 가슴속에는 자기만이 알 수 있는 어떤 응어리가 남았을 것이다. 네 남매는 그 응어리를 품은 채 각자의

생활을 시작했다.

이 사건은 누가 보아도 더 좋은 해결 방법이 없을 정도로 훌륭하게 마무리됐다. 비록 가슴속에 응어리를 품기는 했지만, 네 남매는 1년에 한 번씩 모임을 갖는 등 나름으로 좋은 관계를 유지했다. 그런 대로 성공을 거둔 사건이다.

상속이 발생하면 상속자는 대부분 분할 협의서에 서명과 날인을 한다. 그 다음에는 실질적인 상속세 납부가 상속자를 기다린다. 만약 상속세가 발생하지 않는 상속이라면 그 시점에서 모든 절차가 끝난다. 일단 서명과 날인을 하면 그것으로 끝이다. 이의를 제기할 수도, 다시 돌이키고 싶어도 그럴 수가 없는 것이다. 이의를 제기해 봐야 불쾌한 감정만 계속될 뿐이다.

본가를 상속하면 법률상 가장이 된다. 그러나 실질적으로는 형제를 돌보아야 하는 의무가 없다. 본가도 부모님이 살아 계셨을 때나 본가다. 아무리 자기가 나고 자란 집이라도 부모님이 돌아가시면 형제 중 누군가의 소유물이 될 뿐이다. 고향도 사라지고 돌아갈 수 있는 유일한 장소도 사라진다. 마음속 깊은 곳에 자리 잡던 본가는 상속 발생과 함께 붕괴된다고 해도 과언이 아니다. 그런 뜻에서 보면 상속은 가족이 분열하는 하나의 의식인지도 모르겠다.

의심과 쓸데없는 자존심이 모든 것을 망친다

・비참한 사건의 시작
・노이로제에 시달리다 투신 자살한 장남 부부
・남을 믿지 못하는 차남과 삼남
・상속인의 뜻을 앞세우지 말아야 한다

비참한 사건의 시작

상속은 모든 문제를 금전으로 바꾸어 해결해야 하고, 해결 방법은 주로 상속인의 뜻이 우선시된다. 그런데 지나치게 상속인의 뜻을 앞세우다 보면 문제가 걷잡을 수 없이 커져 원만한 해결을 보기 어렵다.

앞으로 소개할 예는 이렇게 자기 욕심을 앞세우다가 결국 비참한 결과를 초래한 사건으로, 오사카 부(大阪府) 근교에서 일어난 대지주의 상속 사건이다. 변호사인 나도 도중에 손을 놓을 수밖에 없던 매우 안타까운 사건이었다.

당시 대지주가 소유한 토지는 도쿄와 맞먹을 정도로 값이 비쌌기 때문에 유산 총액이 무려 500억 원이나 했다. 그런데 대부분이 농지인 데다 그중 일부는 소작을 주고 있었다. 택지 조성을 한 토지도 있었지만 이 토지 역시 남에게 빌려준 상태였다. 환금할 수 있는 토지가 전혀 없는 셈이었다. 그리고 내가 이 사건을 담당했을 때는 이미 참극이 시작된 후였다.

노이로제에 시달리다 투신 자살한 장남 부부

의뢰인의 아버지가 사망한 해는 1990년으로 일본에서는 한창 거품 경제가 절정에 이르던 때였다. 당연히 상속세 평가액도 최고조에 달했다. 당시에는 어느 누구도 앞으로 몇 년 안에 토지 가격이 급격히 하락하리란 예상을 하지 못했다.

상속인은 장남, 차남, 삼남이었다. 장남이 절반을 상속받았고, 차남과 삼남이 남은 절반을 나누어 가졌다. 삼 형제가 각각 자기 몫에 해당하는 토지를 상속받았으므로 상속세 역시 그만큼 많은 액수가 부과됐다.

삼 형제는 어떻게든 상속세를 납부하고 싶었지만 상속세를 일괄해서 지불할 만한 목돈도 없었고, 곧바로 환금할 수 있는 토지도 마땅치 않았다. 그래서 삼 형제는 연납을 하기로 결정한 후 일본의 상속법상에서 허용하는 가장 긴 20년을 기한으로 선택했다. 20년이라면 그 안에 토지를 처분해서 어떻게든 상속세를 지불할 수 있으리라는 계산이 섰기 때문이다.

그러나 불행히도 그 다음 해부터 거품 경제가 붕괴하면서 토지 가격이 급격히 하락했다. 20년 동안 천천히 납부하면 된다는 안일한 생각을 할 상황이 아니었다. 가장 많이 상속받은 장남은 그 해에 납부해야 하는 세액부터 빨리 마련해야겠다는 생각으로 소작인과 차지인을 만나 교섭을 하기 시작했다.

하지만 말만 교섭이었지 장남의 태도는 땅 주인이 나가라면 무조건 나가야 한다는 식이었다. 소작인과 차지인들은 말도 안 된다며 반박했고, 장남은 사람을 고용해서 그들을 협박하기에 이르렀다. 상대방의 권리를 인정하고 냉정하게 협상을 이끌어낼 여유가 없던 모양이다.

다급해진 장남이 별의별 방법을 다 동원했지만 상대방은 꿈쩍도 하지 않았다. 결국 돈을 마련하지 못한 채 상속세 납부 기한을 맞이해야 했다.

체납이 시작됐다. 일단 체납이 시작되면 기겁할 정도로 큰 이자도 같이 감당해야 한다. 장남은 안절부절못하며 어쩔 줄을 몰라 했다. 주변 사람들의 말에 따르면 당시 장남 부부는 정신적으로 무슨 문제가 있는 사람처럼 보였다고 한다. 그리고 마침내 장남 부부는 어린 두 아이를 차에 태운 채 바닷가

절벽에서 그대로 투신 자살했다. 다음날 조간신문에는 '투신 자살 의혹'이란 머릿기사가 실렸다. 2001년, 상속이 발생한 지 11년 후의 일이었다.

남을 믿지 못하는 차남과 삼남

차남과 삼남도 마찬가지로 연납을 선택했다. 차남은 농지를 택지로 조성하여 매각하는 등 납세를 위해 적극적으로 노력했지만 일이 그렇게 잘 풀리지는 않았다. 삼남은 상속 재산에는 손을 대지 않고 일단 자신의 급여와 저축액만으로 상속세를 지불해 왔다고 한다.

엎친 데 덮친 격으로 장남 일가족이 사망함에 따라 장남의 재산마저 차남과 삼남이 상속받게 됐다. 새로운 상속이 발생하면서 상속세는 평범한 직장 생활로는 도저히 감당할 수 없을 만큼 거액으로 불어났다.

내가 이 사건을 맡은 것은 이때였다. 어떻게든 해결해야 한다고 마음을 먹은 삼남은 마지못해 따라나선 차남과 함께 나를 찾아왔다. 사건을 맡고 보니 대부분의 상속 재산이 농지인데다 기본적인 권리 관계조차 잘 정리되어 있지 않았다. 게다가 일부는 개발 지역으로 묶여 있거나 소작인이 경작을 하는 상황이었다.

일본의 거품 경제 시기에 상속이 발생한 사건이라는 특례를 사용해서 상속세를 물납으로 대신하고 싶어도 정해진 절차를 밟는 데는 상당한 시간이 걸렸다. 게다가 물납을 신청하기 위해서는 그동안 차지인과 맺은 계약을 파기하고 차지인의 처지에서 새롭게 조건을 바꾸어 다시 계약을 맺어야만 했다. 아무리 봐도 일반인이 쉽게 처리할 수 없는 사안이었다. 심지어 차남의 차지에는 어느 틈에 조립식 주택이 들어섰고 신규로 등기까지 마친 상태였다. 이른바 점유꾼이었다.

상황이 이렇다 보니 나는 팀을 이루어 문제를 해결하기로 하고 어디에서부터 어떻게 해결해야 좋을지 전략을 짜기 시작했다. 모든 문제는 납세를 중심으로 조각 그림 맞추기처럼 어지럽게 흩어져 있었다. 어떤 조각을 어떻게 놓느냐에 따라 상황은 얼마든지 달라질 수 있었다. 해결 방법이 하나만 존재하는 것이 아니었기 때문에 의뢰인이 좋다고 승낙할 때까지 몇 번이고 전략 회의가 이어졌다.

그러나 의뢰인은 어떤 전략을 제시해도 회의적인 반응만 나타냈다. 매우 복잡하고 어려운 사건인 만큼 양보해야 하는 상황도 있을 수 있고 참아야 하는 상황도 벌어질 수 있다. 때로는 일이 끝나기 전에 돈부터 들어갈 수도 있다. 이렇게 반복해서 설명해도 의뢰인은 돌아가서 생각해 보겠다며 자리를 떴고, 그렇게 돌아간 후 아무런 연락을 주지 않을 때가 많았다.

나는 의뢰를 맡은 이상 앞으로 나갈 수밖에 없었다. 아무런 정보도 없는 상태에서 점유꾼의 문제를 해결하기 시작했고, 재판을 걸어 점유꾼이 조립식 건물을 비워주어야 한다는 명령을 받아냈다. 소작인과 차지인을 만나 조정에 착수하기도 했다. 물론 토지를 비워주는 데는 얼마간의 퇴거 비용이 필요했다. 그러나 아무리 설명을 해도 의뢰인은 왜 그런 돈을 지불해야 하는지 이해하지 못했다. 이해는커녕 오히려 그러한 제안 자체가 자신들을 속이기 위한 것이 아니냐며 의심하기까지 했다. 토지를 매각할 때도 의뢰인이 별도로 지역의 유력자에게 편의를 봐달라고 부탁하는 등 수습하기 어려운 상황이 계속됐다.

상속인의 뜻을 앞세우지 말아야 한다

객관적으로 보았을 때 차남의 상황은 이미 파산한 것이나 다름없었다. 집은 상속세 연체로 이미 압류되어 경매에 붙여진 상태였다. 또한 그런 사이에 아내와 이혼까지 했다. 이미 15년째 별거 생활을 하던 터라 이혼을 한다 해도 이상할 것은 없었다. 다만 그동안 생활비를 대주었기 때문에 이혼에 이르지 않았을 뿐이었다.

돈이 떨어지면 정도 떨어지는 모양이다. 차남은 '넌 곧 죽을 거야'라고 적은 편지를 헤어진 아내가 사는 집 우편함에 날마다 넣어두는 등 상식에서 벗어난 행동을 계속했다. 그래도 우리 앞에서는 자신이 어떻게든 일을 처리하겠다는 태도를 버리지 않았다. 어쩌면 그것은 대지주의 아들이 보여준 최대의, 최후의 자존심이었는지도 모른다.

삼남은 다니던 회사를 그만두고 농업에 전념했다. 그 지역 농협에서도 도시형 농가를 기대하며 융자를 검토했다. 그러면서 삼남 역시 본인 혼자서 상속 문제를 해결할 수 있다고 주장했다. 이에 결국 우리는 이 일에서 손을 뗄 수밖에 없었다.

비록 거품 경제 시기에 발생한 상속이었지만 사태 해결 방법이 전혀 없는 것도 아니었다. 처음부터 전문가에게 맡겼다면 물납 신청을 할 수도 있었을 테고, 전매(轉賣)를 통해 상속세를 납부할 수도 있었을 것이다. 방법이야 어떻든 간에 이 정도로 비참한 결과를 초래하지는 않았으리라 확신한다. 거품 경제 붕괴에 따른 토지 가격 하락과 막대한 상속세도 큰 원인이었지만, 참극의 주된 원인은 상속인들의 의심과 쓸데없는 자존심이었다.

지금도 이 사건을 떠올리면 마음 한구석이 씁쓸하다.

재산은 남기는 것보다 쓰는 것이 어렵다

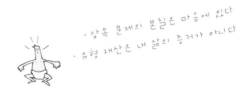

· 상속 문제의 본질은 마음에 있다
· 유형 재산은 내 삶의 증거가 아니다

상속 문제의 본질은 마음에 있다

상속을 둘러싼 분쟁에서 항상 빠지지 않는 것이 의심이다. 소송에서 원고와 피고가 서로를 의심하는 일은 당연하지만, 상속 분쟁의 특징은 같은 편끼리 의심을 한다는 점이다. 혹시 자신만 모르는 사실이 있지는 않은지, 정보가 조작되지는 않았는지 의심의 눈초리는 끝이 없다. 나는 지금까지 상속 사건을 여러 건 맡아왔다. 매 사건마다 느끼는 점이지만 항상 당사자의 생각이 일을 복잡하게 만든다.

돈이나 물건에 집착하기 시작하면 그것을 빼앗기지 않기 위해 타인을 의심한다. 일단 타인을 의심하기 시작하면 더 더욱 물질에 집착한다. 이 악순환을 끊지 않는 한 막대한 재산을 상속받든 그렇지 않든 문제는 끊이지 않는다. 상속 문제를 해결할 수 있는 열쇠는 기술도 지식도 아니다. 모든 문제는 마음에 달려 있다. 자신이 처한 상황을 객관적으로 올바르게 파악할 수 있는 자질이 무엇보다도 중요한 것이다.

변호사에게든 세무사에게든 일단 의뢰를 했으면 의심을 버리고 모든 일을 맡겨야 한다. 대부분의 사람들은 의뢰를 맡기면서 '당신에게 모든 것을 맡기겠습니다' 라고 한다. 하지만 이 맡긴다는 말에는 자신이 바라는 결과를 이끌어낸다는 조건이 포함되어 있다. 이러한 태도는 전혀 바람직하지 않다. 일단 맡기기로 했으면 전적으로 맡겨야 한다.

의뢰인과 전문가의 감정이 서로 어떠하냐에 따라 결과도 천차만별이다. 의뢰인이 전문가를 신뢰하지 못하기 때문에 빚어지는 가장 큰 문제는 정보가 전문가에게 제대로 전달되지 못한다는 점이다. 의뢰인이 숨기던 사실이 때로는 가장 큰 방해 요소가 되기도 한다. 이런 의뢰인들은 대부분 사건이 악화된 후에야 숨기던 사실을 털어놓는다. 그러면 궤도 수정은커녕 모든 일을 처음부터 다시 시작해야 하는 심각한 사태가 벌어질 수도 있다.

유형 재산은 내 삶의 증거가 아니다

　　어째서 사람은 이다지도 타인을 믿지 못할까? 우리는 배반의 역사를 통해 다양한 교훈을 배운다. 그 교훈 중 하나는 타인을 의심하고 또 의심하라는 것이다. 그렇다면 생애 최초의 배반과 의심은 도대체 누구에게서 비롯되었단 말인가. 아마도 그 누구는 아버지일 것이다. 어쩌면 '눈을 뜰 때마다 아버지는 곁에 없었다' 라는 식의 사소한 체험이 빚은 결과일지도 모르겠다.

　　완전히 잊고 지낸 어린 날의 기억은 상속과 함께 되살아난다. 비록 분쟁의 목적은 재산이지만 그렇게 행동하게끔 하는 원동력은 지난날의 응어리다.

　　사람이라면 누구나 직장에서 조직 생활을 하며 조직의 목적을 위해 힘을 모을 수도 있고, 동료와 두터운 신뢰 관계를 쌓을 수도 있다. 그러나 상속은 예외다. 상속이 발생하면 형제자매의 신뢰 관계는 곧 무너지게 된다.

　　설령 객관적으로 보았을 때 최고의 해결책을 찾았다 해도 당사자들의 마음 한구석에는 석연치 않은 무언가가 남는다. 이는 인간이기 때문에 겪어야 하는 아픔이다. 상속 재산을 남기지 않는다면 적어도 이 아픔만큼은 모르고 지나갈 수 있다.

　　상속세를 줄이는 데 도가 튼 전문가들은 얼마든지 많다. 이들은 천재적인 절세 전문가다. 그러나 어떻게 하면 재산을 남김없이 쓸 수 있는지를 알려주는 전문가는 없다. 재산을 제대로 쓰려면 자신의 이성, 지성, 삶의 방식 따위를 모두 파악해야 한다. 역시 재산은 남기는 것보다 쓰는 것이 어렵다. 제대로 쓸 능력이 없는 사람이 재산을 남긴다고 해도 과언이 아니다.

자신이 이 세상에 살았다는 증거를 남기고 싶다면 재산을 남기기보다 그 재산을 매우 유용하게 쓰도록 하자. 수많은 상속 사건이 계속해서 우리에게 이야기하고 있지 않은가, 안일한 생각으로 남기는 유산이 얼마나 큰 불행을 초래하는지.

'유태인에게는 자식이 없다, 상속인이 있을 뿐이다' 라는 말이 있다. 이런 사태를 피하기 위해서는 유형의 재산을 남기지 않도록 더욱 열심히 살아야 한다. 나는 파란만장한 내 삶의 증거를 무형 재산으로 남기고 싶다.

3장 직업과 사업의 대물림을
쉽게 보지 마라

헛된 부모 마음

· 부모와 자식은
살아가는 시대가 다르다

부모와 자식은 살아가는 시대가 다르다

아이는 부모의 뒷모습을 보며 큰다고 한다. 부모가 어떤 모습으로 어떻게 살든 간에 아이는 계속해서 부모의 뒷모습을 보며 성장해 간다. 부모와 자식이라는 단 하나밖에 없는 관계 속에서 부모의 삶은 아이가 어느 정도 자랄 때까지 아이에게 절대적인 영향을 미친다.

누가 가르쳐 주지 않아도 아이는 부모를 존경하려 하고, 부모를 본받아 그대로 살려고 한다. 부모의 개성이 강렬하면 할수록 부모의 삶에 이끌리는 정도도 강하다.

그러나 이는 영원하지 않다. 자아가 싹트면 아이는 부모를 부정한다. 그리고 성장해 가면서 부모와 적대 관계를 유지하고, 마지막에는 타협점을 찾아내 난관을 극복하며 앞으로 나아간다.

때로는 이 시기를 통과하지 못하는 아이도 있다. 부정할 수 없을 만큼 부모의 존재감이 크거나 부모를 완전하게 믿는 아이가 그렇다. 이런 아이들은 아무런 주저 없이, 설령 약간의 망설임이 있어도 결국에는 부모의 삶을 따른다. 의사 아들이 의사가 되고, 변호사 아들이 변호사가 되고, 정치가 아들이 정치가가 되는 까닭이 여기에 있다.

직장인도 마찬가지다. 은행원의 아들은 은행원, 공무원의 아들은 공무원이 되기 쉽다. 꼭 같은 직종이 아니더라도 결국에는 비슷한 일이나 직접적인 연관이 있는 일을 선택한다. 가업이 있거나 사업가의 집안도 예외는 아니다.

부모와 자식이 같은 직종에 종사하면 양쪽 다 마음은 편할 것이다. 자신이 걸어온 길이므로 부모는 자신의 경험을 자식에게 일러줄 수 있다. 기술이나 요령까지 전수해 주지는 않더라도 어떻게 하면 그 길에서 성공할 수 있는지 귀띔 정도는 해줄 수 있다. 또한 자식의 처지에서 보면 부모의 인맥도 무시하지 못한다.

그러나 부모 세대의 직장, 사업, 가업은 자식 세대의 그것과는 다르다. 부모 세대에 인기를 누린 직종이 자식 세대에도 인기를 누리리라는 보장은 없다. 가치관도 물론 다르다. 부모의 성공이 꼭 자식의 성공이 된다고 누가 장담하겠는가.

특히 자식이 사업을 물려받았을 때 실패는 허용되지 않는다. 실패하면 가족은 물론이고 직원과 그들의 가족, 관련 업자까지 피해를 입는다. 창업주의 자식이라 해서 그 자식도 기업인으로서 타고난 재목이라는 법은 없다. 아니, 그런 일은 거의 없다고 봐야 한다.

자식은 창업하던 시절의 고난과 역경을 겪어보지 못한 채 후계자라는 기대를 한 몸에 받으며 편하게 자란다. 따라서 아무리 성품이 뛰어나고 자질이 출중하더라도 창업주의 심정을 이해하거나 물려받지 못한다.

다른 사람을 고용하지 않고 가족 모두가 직접 가게를 운영하는 집안이라면 설령 파산을 해도 그 책임을 온 가족이 떠안고 길거리로 나앉으면 그만이다. 그러나 사업체가 크다면 부모의 잘못된 욕심과 자식의 착각이 너무나도 많은 사람들에게 피해를 준다.

그러므로 자녀의 능력이 아무리 뛰어나도 사업은 물려주지 않는 편이 좋다. 설령 자녀가 원하고 주위에서 권해도 대물림은 피해야 안전하다. 게다가 사장 아들이라고 해서 훗날 사장이 된다면 사회라는 공공의 존재를 모독하는 일이 되지 않겠는가.

눈에 보이지 않는 중압감

· 왜 2대 사장은 온갖 방법을 다 동원해야 했을까?
· 어려서부터 철저하게 교육받은 장남의 책무

왜 2대 사장은 온갖 방법을 다 동원해야 했을까?

여기에 편지 한 통이 있다.

"…폐사는 여러분의 따뜻한 지원과 헌정 덕분에 금년에 창업 50주년을 맞이했습니다만, 오늘 백계무책으로 도산하게 되었습니다. 최근 몇 년간 계속된 불황 속에서 동종 업계가 파산하는 모습을 지켜본 폐사는 혼신의 힘을 다해 시대의 변혁에 대응하고자 노력했습니다. 그러나 유감스럽게도 그간의 노력이 성과를 거두지 못한 채 불초자의 역부족으로 책무를 다하지 못하게 되었습니다."(후략)

이 편지는 2001년에 도산한 한 기업의 사장이 관계자에게 띄운 공문이다. 이 기업의 도산은 우리에게 세습 경영에 관한 많은 교훈을 안겨준다. 도산한 기업은 한때 업계 최고의 자리에서 군림했었다. 여기서 말한 불초자란 아버지에 이어 2대째 사장으로 취임한 사장 자신을 가리킨다.

백계무책이란 말에서 백계란 온갖 방법을 다 동원했다는 뜻이다. 2대 사장은 왜 이렇게 백방으로 노력해야 했을까? 불황이 이어지고 유통 구조가 바뀌는 등 몇 가지 이유가 있겠지만 그렇게 노력했음에도 끝내 도산에 이른 가장 큰 원인은 창업주인 아버지와 계승자인 아들의 관계 때문이다.

창업주가 자신의 대에서 쌓아 올린 회사를 자식에게 물려주고 싶어하는 마음은 어찌 보면 당연하다. 자녀가 사업을 물려받는다면 창업주는 자신의 공적을 후세에 알린다는 만족감을 얻을 테고, 자식은 풍족한 생활을 선사받을 것이다. 아마 창업주라면 누구나 한 번쯤 세습 경영을 생각해 보았을 것이다. 그러나 사업을 계승하는 자녀의 마음은 어떠할까?

자식에게 사업을 물려주었기 때문에 기업이 망하는 일은 비일비재하다. 이번 사건도 마찬가지였다. 그러나 언뜻 불행해 보이기만 하는 이 일은 2대 사장에게 인생의 전환점이 되었다.

어려서부터 철저하게 교육받은 장남의 책무

창업주인 선대 사장은 육군 사관 학교 교수 직을 거쳐 유리 사업에 뛰어들었다. 장사하는 재주가 뛰어나고, 쉬지 않고 일하는 근면함과 그의 말이라면 누구도 거역하지 못할 정도로 엄격함까지 두루 겸비한 사람이었다. 사업에 성공한 후에는 고향에 있는 모교에 거액의 기부금을 내기도 하고 고장 신문에 사회 문제나 경제에 관한 시사 평론을 싣는 등 사회 발전에 공헌하는 일도 잊지 않았다. 어려운 환경을 딛고 자력으로 성공한 인물로, 고향에서는 물론이고 업계에서도 보기 드문 사람이었다.

선대 사장이 막 사업을 시작하던 무렵에 장남이 태어났다. 이때는 전후 부흥기로, 초토화한 국가가 다시 부흥하기를 바라는 마음으로 누구나 덮어놓고 일만 하던 시대였다. 그 후 일본 경제는 고도성장기에 돌입했다. 경제 전체가 활기를 띠었기 때문에 일하면 일한 만큼 이익이 돌아왔다. 남자들은 풍요로움을 꿈꾸며 기업의 전사가 되기를 자처했고, 누구나 일벌레처럼 일만 했다. 창업주도 수많은 기업 전사들과 마찬가지로 가정을 돌볼 만한 여유가 없었다.

창업주는 거의 집에 들어가지 않았다. 당시 어느 가정이나 마찬가지겠지만 이 집안의 장남도 어릴 때부터 아버지라는 존재를 제대로 알지 못하고 자랐다.

"어릴 적 아버지에 대한 기억은 거의 없습니다. 아버지의 존재를 느끼기가 힘들었지요, 늘 바쁘셨으니까요. 그래도 아버지가 제 손을 잡아주신 때는 기억합니다. 초등학교에 들어가기 전인데 기차나 배를 타고 아버지 고향에 갈 때면 트랩(Trap : 배나 비행기를 타고 내릴 때 사용하는 사다리)에서 제 손을 잡고 내려주셨습니다."

장남에게는 이것이 아버지와 살을 맞댄 최초의 기억이라고 한다. 사업을 시작하기 전에 직업 군인이었던 아버지는 자식과 살을 부비며 정을 나누는 일과는 거리가 먼 사람이었다. 대신 아버지는 장남에게 '먼저 부모를 공경하라' 고 강조했고, 인사나 그 밖의 예절을 교육하는 일에도 매우 철저했다. 장남은 그런 아버지의 말씀이 어렸을 때는 듣기 싫은 잔소리 같았지만 어느 정도 성장한 후부터는 감사하는 마음이 들었다고 한다. 하나도 틀린 소리가 아니었기 때문이다.

창업자인 아버지가 아들에게 강조한 것은 물론 예의범절뿐만이 아니었다. '내 사업을 이어받을 사람은 장남인 너밖에 없다' 라며 항상 장남의 책임과 사업 계승에 관한 이야기를 쉬지 않고 들려주었다. 이런 아버지의 강한 의지는 어려서부터 장남의 뇌리에 깊이 새겨졌다. 이른바 세뇌되었다고 해도 틀린 말은 아니다.

아버지에게는 아버지의 생각이,
자식에게는 자식의 생각이 있다

· 다섯 가지 자질
· 가야 할 길은 정해져 있었다
· 아버지의 세뇌와 아들의 자아

다섯 가지 자질

창업주가 고집이 세고 능력이 뛰어난 인물이라는 것은 그리 놀랄 만한 사실이 아니다. 어떤 기업이든 창업주의 강렬한 개성이 기업 발전에 절대적인 추진력으로 작용한다. 그러나 햇살이 강렬하면 할수록 그림자도 짙어지는 법이다. 완고하고 유능한 사장의 존재는 때때로 부정적인 일을 초래하기도 한다.

2대 사장의 평가에 따르면 창업주인 아버지는 한 번 결정한 일은 끝까지 밀고 나가는 분이었다고 한다. 이런 창업주 밑에는 반드시 '예스맨'이 등장한다. 하지만 경영진에 대해 반론을 제기하지 못한다면 그 기업은 도산을 향해 나아갈 수밖에 없다. 이는 소규모의 동족 회사에 국한되는 이야기가 아니다. 대기업이든 아니든, 동족 회사이든 아니든 모든 기업에 똑같이 적용되는 사실이다.

경영자뿐 아니라 최고 자리를 꿈꾸는 사람이 반드시 갖추어야 할 다섯 가지 자질을 소개하면 다음과 같다.

1. 꿋꿋한 경영 철학과 장래를 위한 전략이 있다.
2. 자신의 인생과 기업 경영에 정열을 쏟는다.
3. 객관적인 판단력으로 현실을 직시할 줄 안다.
4. 모든 일에 늘 배우는 자세로 임한다. 자신의 장점을 살릴 줄 안다.
5. 긍정적인 사고방식으로 위기를 슬기롭게 극복한다.

1대 사장인 창업주는 이런 조건을 겸비한 사람이었다. 물론 세 번째 조건은 예외다. 현실을 직시할 줄 알아야 한다는 말은 곧 타인의 의견에 귀를 기울일 줄 알아야 한다는 뜻이다. 그러나 창업주는 그럴 만한 사람이 아니었다.

가야 할 길은 정해져 있었다

　　　　장남은 대학 졸업 후 곧바로 아버지 회사에 들어갔다. 너무 당연한 일이어서 아무도 이의를 제기하지 않았다. 장남 자신도 학창 시절부터 상품을 배달하며 잡일을 돕는 등 졸업 후에 아버지 회사에 취직하는 일을 당연하게 생각했다.

　졸업 후에 같은 업계인 대기업에 들어가서 1년 정도라도 경험을 쌓는 것이 어떻겠냐고 의견을 제시하는 사람도 있었다. 장남도 할 수만 있다면 그 방법도 나쁘지 않다고 생각했다. 그러나 창업주는 '경험은 우리 회사에서 쌓아라!' 라며 일축했다. 이 말을 거역할 수 있는 사람은 아무도 없었다. 장남 역시 마찬가지였다.

　"당시 저한테는 2대 사장에 오르는 길밖에 없었습니다. 어느 틈엔가 세뇌를 당했는지도 모르겠습니다. 다른 직업을 찾고 싶다고 생각한 적이 없었으니까요."

　장남은 입사한 후에 다른 직원들처럼 물품을 배달하는 잡일부터 시작했다. 실제로 일을 해보니 경영 상태나 경영 전략에 대해 떠오르는 생각도 많았다. 때로는 사장인 아버지에게 솔직한 자기 생각을 피력하기도 했다.

취급한 상품은 주력 상품인 유리 제품 외에 생활 용품, 건축 자재 따위였다. 장남은 취급하는 상품의 일람표를 만든 후 주력 상품인 유리 제품만 남기고 다른 제품들은 하나씩 줄여 나가야 한다고 주장했다. 다른 사람의 말에 귀를 기울이지 않는 아버지였지만 이 안건만큼은 장남과 의견이 일치한 모양이었다. 아버지는 장남이 제안한 대로 실행했다. 그리고 장남의 판단은 좋은 결실을 맺었다.

　　당시 아버지가 장남을 칭찬하거나 실력을 인정해 주었다면 장남은 일할 의욕이 생겼을 테고, 독립심도 키울 수 있었을 것이다. 그러나 아버지는 자신의 생각을 겉으로 표현하는 사람이 아니었다. 훌륭한 안건을 제시했는데도 그에 대한 칭찬은 한마디도 해주지 않았다. 장남이 다른 사람을 통해 '아들의 판단대로 유리 제품에만 전념하기를 잘했다' 라는 아버지의 생각을 들은 때는 그로부터 10년 뒤였다.

　　창업주가 이상한 사람이거나 자식을 사랑할 줄 모르는 아버지는 아니었다. 그 시대의 아버지는 으레 그러했다. 창업주는 자식에 대한 사랑을 아들을 속박하는 형태로 표현했다. 장남은 사회인이 되어서도 휴일에 어디를 나갈 때면 항상 행선지와 돌아오는 시간을 미리 아버지께 보고해야 했다고 한다. 이는 아들을 믿지 못해서가 아니었다. 혹시라도 아들에게 무슨 일이 생길까 봐 걱정이 되었기 때문이다. 그러나 이런 아버지의 마음은 장남에게 그대로 전달되지 못했다.

아버지의 세뇌와 아들의 자아

　　창업주와 계승자로서가 아닌 아버지와 아들로서 두 사람은 서서히 대립 관계로 발전했다. 일반적으로 아버지와 아들은 힘의 균형이 유년기, 청소년기, 성인기라는 단계를 거치면서 각 단계별로 큰 변화를 맞이한다. 아버지는 아들과 대립할 때마다 아들의 체력, 지력, 정신력 따위를 객관적으로 판단한다. 만약 이 단계를 제대로 거치지 못하면 아버지는 언제까지고 아들을 어린아이로 취급한다. 그리고 이는 불화의 결정적인 요인이 된다.

　창업주와 후계자인 장남의 상황은 조금 달랐다. 아버지의 세뇌에 장남의 자아가 정면으로 부딪친 적이 없었다. 장남의 말에 따르면 한 번도 큰 소리를 내며 아버지와 싸운 적이 없었다고 한다. 이 말은 사실이다. 장남은 아버지를 거역하지 않는 매우 착한 아이였다. 어려서는 물론이고 최종적으로 도산에 이르기까지 장남이 착한 아이란 역할을 내팽개친 적은 한 번도 없었다.

　청소년기에 장남은 아버지를 공경하면서도 두려워했고, 동시에 말로는 설명하기 어려운 속박감에 시달렸다. 그렇다고 정신적으로 어떤 문제를 일으키지는 않았다. 어려서부터 귀에 못이 박히도록 들은 장남의 책임과 부모를 공경하라는 가르침이 자아보다 훨씬 강했기 때문이다. 아버지의 가르침과 장남의 자아는 미묘하게 균형을 유지했다.

장남은 아버지에게 약한 모습을 보이지 않았다고 한다. 학창 시절에 스키를 타다 다리가 부러졌을 때도 아버지에게 그 사실을 숨겼다. 3개월 동안 깁스를 했으면서도 아버지 앞에서는 결코 목발을 짚지 않았고, 아버지가 눈치 챌 만한 그 어떤 행동도 하지 않았다.

아버지에게는 아버지 나름대로의 생각이, 장남에게는 장남 나름대로의 생각이 있었다. 참으로 자기 생각을 표현하는 데 서투른 두 사람이다. 왜 조금 더 마음을 열고 대화를 나누지 못했을까? 서투른 표현 방법이 아버지와 아들 사이에 솔직한 대화가 사라지게 한 원인은 아니었을까?

이런 의사 소통의 단절은 어느 가정에서나 볼 수 있는 흔한 일이다. 그러나 그것이 사회 문제로 발전하는 일은 드물다. 일반적으로 자식이 아버지와 같은 직업을 선택하는 일은 매우 흔하기 때문이다. 또한 연고자를 대우하는 기업도 많기 때문에 아버지와 같은 직종 혹은 관련 기업에 취직하는 일은 극히 자연스럽게 받아들여진다.

그러나 이런 때도 부모와 자식 간에 의사 소통이 원활하다고는 볼 수 없다. 아버지가 아들에게 어떤 조언을 해주고 싶어도 아들이 생각하는 문제와 조언의 내용이 너무 다르기 때문에 아예 대화 자체가 성립하지 못할 때가 있다.

　게다가 부모는 으레 자식 앞에서 좋은 모습만 보여주려 하고, 자식 역시 부모를 실망시켜 드리고 싶어하지 않는다. 가뜩이나 서로에게 잘 보이고 싶어하는데 같은 직장, 관련 업종에서 종사할 때는 오죽하겠는가. 약한 모습은 절대 보이지 못한다.

　그러나 창업주와 계승자는 체면치레를 따질 틈이 없다. 같은 상처를 함께 짊어지고 싸우는 동지가 되어야 한다. 그렇지 않으면 회사는 도산하고 만다.

지키려고 하기 때문에 잃는다

· 불황과 경영 문제가 겹치다

· 개인 자산을 쏟아 부은 창업주도 빈털터리로

불황과 경영 문제가 겹치다

일본 경제가 호황을 누리던 시기에는 회사마다 실적
이 좋았기 때문에 설령 내부에 어떤 문제가 있어도 밖으로 잘
드러나지 않았다. 그러나 경기가 침체되면서 일부 회사는 회
사의 존망을 걸고 업종을 변경하거나 구조 개혁을 해야만 했
다. 특히 다양한 유통망을 통해 물품을 판매하던 도매업계는
다음과 같은 구조 개혁에 들어갔다.

첫째, 소비자 도매 방식으로 업무 형태를 바꾼다. 일반적으로 도매업체는 전국의 제조소(또는 제조업자)에서 물품을 사들여 유통망을 통해 판매하는 방식으로 이익을 남겼다. 그러나 최종 소비자에게 직접 물품을 팔 수 있는 소비지 도매 방식을 채택하면 기존 유통망들이 필요없다.

둘째, 값싼 수입 상품으로 가격 경쟁에 들어간다. 인건비가 싼 해외 제품과 가격 경쟁을 해서 살아남을 수 있는 업체는 그리 많지 않다. 유리 도매업도 이러한 불황을 피하지 못했다. 유명한 업체가 잇달아 도산했고, 이 창업주의 회사도 위기를 맞았다. 업계 불황은 물론이고 경영상의 문제까지 터진 것이다.

개인 자산을 쏟아 부은 창업주도 빈털터리로

일본의 거품 경제가 붕괴한 직후 경기 침체가 한창이던 어느 날, 51세의 장남이 2대 사장으로 취임했다. 창업주의 세뇌가 결실을 맺는 순간이었다.

그러나 이름만 사장이었다. 창업주는 회장으로 취임해 모든 의사 결정권을 손에 쥔 채로 2대 사장에게 넘겨주지 않았다. 장남인 2대 사장은 회장의 꼭두각시나 다름없었다. 웬만큼 뛰어난 경영진이 포진해 있지 않은 한 이런 기업은 쇠퇴할 수밖에 없다.

불황을 탈피하기 위해 재무 체계를 다시 짜야 했다. 이런 상황에서 기업의 대표가 쉽게 빠질 수 있는 함정은 개인 자산을 지나치게 회사에 투입하는 일이다. 특히 일본은 이런 경향이 강하다. 회사를 살리는 일이 기업 대표의 책임이라고는 하지만, 개인 자산과 회사 자산을 혼동하면 회사에 결정적인 타격을 입히고 경영자 자신도 타격을 입는다. 즉, 모든 것을 지키려다가 모든 것을 잃는다. 창업주는 개인 자산을 아낌없이 회사에 쏟아 부었다. 그 액수는 자그마치 수백억 원에 달했다.

사장인 장남도 경영 체질을 개선하는 방책을 짜내려 안간힘을 썼다. 원래 구조 조정에 들어가면 인원 감축은 빼놓을 수 없는 사안이다. 그러나 장남은 그렇게 하지 않았다. 장남의 말에 따르면 그렇게 모진 일은 할 수 없었다고 한다. 어쩌면 '창업주가 이끌 때는 업계 1위를 달렸는데 그 아들은 사원을 명예 퇴직으로 몰아넣었다'는 소리를 듣고 싶지 않았는지도 모르겠다.

어쨌든 그러는 사이에 회사 사정은 더욱 악화되고 마침내 장남이 사장으로 취임한 지 5년째 되던 해 회사는 도산했고 아버지와 아들은 빈털터리가 되었다.

행복하게 은퇴하는 비결

· 모든 것을 잃고 난 후에 얻은 깨달음
· 자신이 선택한 길이기 때문에 희망이 있다
· 비극과 불행을 피하기 위해

모든 것을 잃고 난 후에 얻은 깨달음

역사에 만약이란 가정은 없다. 그러나 만약 장남이 다시 학창 시절로 돌아간다면 어떻게 될까? 그때도 아버지 회사에 취직하려고 할까?

내가 이런 질문을 하자 장남은 담배 연기를 길게 내뿜은 후 이렇게 말했다.

"아니요, 다른 길을 선택했을 겁니다. 회사가 계속해서 호황을 누렸다고 해도 말입니다."

어려서부터 후계자란 소리를 귀에 못이 박도록 들은 장남은 결국 아버지의 뒤를 이어 사장으로 취임했다. 그리고 곧 도산했다. 이 일련의 과정을 겪으면서 장남은 지위, 명예, 재산, 가정, 그 모든 것을 잃었다. 그러나 얄궂게도 그 모든 것을 잃은 후에야 비로소 아버지에게서 벗어날 수 있었다. 세뇌에서 해방되었을 때 장남은 자신에게 수많은 선택의 기회가 있었음을 깨달았다.

"대학에 들어간 다음부터 동시 통역을 해보고 싶었습니다. 기업 경영자인 아버지의 고충을 항상 곁에서 지켜보았기 때문에 경영자가 짊어져야 할 사원에 대한 책임, 사회적인 책임이 얼마나 큰지 잘 알고 있었습니다. 동시 통역은 혼자서 하는 일이니까 그런 중압감은 느끼지 않을 거라 생각했죠."

그러나 그는 자신의 생각을 아버지에게 털어놓기는커녕 가슴 한쪽에 숨겨놓은 채 계속 잊고 지냈다고 한다. 장남은 중학교 때 야구부 투수를 하면서 팀을 이끌고 현(縣) 대회에 나가 우승할 정도로 실력이 뛰어났다. 고등학교도 야구부로 이름난 학교에 들어갈 정도였다. 당시에는 야구 선수를 꿈꾸기도 했다고 한다.

장남은 자신을 옭아매던 후계자란 자리가 도산과 함께 사라지고 난 후에야 비로소 자신이 그런 꿈을 꾸었다는 사실을 깨달았다고 한다.

자신이 선택한 길이기 때문에 희망이 있다

아버지에게는 아버지 나름의 생각이, 장남에게는 장남 나름의 생각이 있었다. 이 두 생각은 아버지와 아들이라는 관계 속에서 한 번도 교차한 적이 없었다. 평행선을 그리며 일정한 거리를 유지한 채 도산에 이르렀다.

아버지는 도산과 함께 빈털터리가 되었다. 창업주로서 한 시대를 주름잡은 아버지는 집도 잃고 건강도 잃었다. 지금은 딸의 병간호를 받으며 요양소에서 지낸다.

2대 사장도 빈털터리가 되었지만 그 대신 아버지의 위엄과 권위에서 벗어날 수 있었다. 지금은 건강 식품 대리점에서 일하며 매우 밝고 건강한 얼굴로 지낸다. 사장이라는 자리에 앉아 업적 부진으로 고민하던 때와는 완전히 달라져서 친구들도 몰라 볼 정도라고 한다.

나는 회사가 문을 닫기 직전에 '회사 재건'이라는 내용으로 의뢰를 받았다. 일본의 민사 재생법(民事再生法)을 이용하면 아무리 어려운 기업이라도 충분히 재건할 여지가 있다. 나는 이러한 사건을 맡은 이래로 한 번도 실패한 적이 없었다.

그러나 그 상황에는 회사 재건이 불가능하다는 결론을 내릴 수밖에 없었다. 결국 회사는 문을 닫고 말았다.

장남에게 나를 소개해 준 사람은 장남의 친구였다. 회사가 문을 닫은 후에 장남의 친구는 내게 이런 말을 했다.

"그 친구, 회사가 그렇게 된 후에 오히려 더 건강해졌습니다. 인상도 달라져서 예전보다 훨씬 부드러워졌어요."

사업에서는 큰 실패를 맛보았지만 그만큼 얻은 것도 많은 모양이었다.

"지금의 저한테는 희망이 있습니다. 이 대리점 사업은 제가 스스로 선택한 길입니다. 반대한 사람들도 많았지만 이번만큼은 후회없이 열심히 해볼 생각입니다."

장남의 말이다. 아마 장남의 아버지도 30년 전에는 똑같은 생각과 희망을 품었을 것이다. 도산 때문에 마음 고생을 많이 해서 그간 몸무게가 10킬로그램이나 빠졌다고 한다. 그러나 표정은 더없이 밝아 보였다.

　　　나는 이따금씩 사업을 물려주었기 때문에 발생하는 비극, 책임감을 넘겨받았기 때문에 겪어야 하는 불행과 만난다. 꼭 그렇기 때문에 하는 말은 아니지만 자신이 이 세상에 살았다는 증거를 남기기 위해 후손에게 사업을 물려주어서는 안 된다고 생각한다.

　중소기업 사장들은 자신의 후손에게 사업을 물려주고 싶어한다. 아니, 적어도 한 번쯤은 그런 생각을 한다. 그러나 자신이 살아가는 시대와 자녀가 살아가는 시대는 엄연히 다르다. 또한 살아온 배경도 다르고, 경제 감각도 다르다. 그런 자식에게 자신과 똑같은 경영 방침, 경영 태도를 준수하라고 한들 잘 지켜질 리 만무하고, 사리에도 맞지 않는다. 어디 그뿐인가, 자칫하면 시대에 뒤떨어지는 회사가 될 수도 있다.

　무리하게 자식에게 회사를 넘겨줄 바에는 사업을 청산하거나 M&A(기업 합병)로 다른 기업에 회사를 양도하고 깨끗하게 은퇴하는 편이 낫다. 아니면 영업권을 모두 양도하고 회사를 자산 관리 회사로 만들 수도 있다. 부동산 관리는 전문 회사에게 위탁하면 되고 대표 이사로서 임원 보수도 받을 수 있다.

일반적으로 회사의 수명은 30년이라고 한다. 비극과 불행을 피해 행복한 결말을 맺으려면 깨끗하게 자신의 대에서 자신이 벌인 일을 마무리 지어야 한다.

M&A의 시나리오는 실패했지만

· 채무 초과 기업이 늘어나는 이유
· 실패한 상속세 대책
· 출판사를 향한 S의 정열
· 살아만 있으면 어떻게든 된다

채무 초과 기업이 늘어나는 이유

일본에서 해마다 있는 일이지만 올해도 토지 공시가
가 발표되었다. 2002년 9월 현재, 일본의 토지 공시가는 12년
째 하락하고 있다. 그 누구도 거품 경제 시기에 주식과 부동산
이 이렇게 침체하리라고는 예상하지 못했다. 1988년 12월 29
일, 일경 평균 주가 지수(日經平均株價指數)는 389,150원으로
최고치를 기록했다. 토지 공시가는 1989년과 1990년이 절정

이었다.

그러나 이후 일본 경제는 방향을 전환하여 마치 낭떠러지에서 떨어지듯 하락하기 시작했다. 물론 토지 공시가도 예외는 아니다. 전국 평균 가격을 절정기 때와 비교해 보면 주택지가 36퍼센트, 상업지가 62퍼센트나 하락했다. 하락 폭이 가장 큰 곳은 3대 도시인 도쿄, 나고야(名古屋), 오사카로 절정기 때와 비교하면 주택지는 52퍼센트, 상업지는 76퍼센트나 하락했다.

가장 타격을 받은 곳은 부채가 있는 기업이다. 은행이 기업에 융자해 줄 때 담보로 잡는 물건이 대부분 부동산이기 때문이다. 토지 가격이 하락하면서 기업은 소유한 부동산을 다 팔아도 융자를 갚지 못하는 상황에 처했다. 전 자산을 팔아도 채무를 반제할 수 없는 '채무 초과' 기업이 늘어나는 이유는 이 때문이다.

실패한 상속세 대책

Q출판사도 책무 초과를 맞이한 기업 중 하나였다. 창업주에게서 사업을 계승한 후계자인 S는 당연히 '책무'도 계승했다. 그러나 우여곡절 끝에 Q출판사는 회사 재건 계획을 세워 위기 탈출에 성공했다.

Q출판사는 창업 50주년을 넘어선 동족 기업이다. 사원만 해도 백여 명에 이를 정도로 결코 작지 않은 회사다. 상속세 대책을 세우기 시작한 1988년에 회사 자산은 총 150억 원이었다. 도심지에 있는 자사 빌딩 두 동과 창고, 자택 등 자산은 주로 부동산이었다.

엄청난 상속세를 예감한 S는 아버지인 창업주가 건재하던 무렵부터 상속세 대책을 세우기 시작했다. 창업주가 80세로 고령인 데다 회사 빌딩이 들어선 곳의 토지 가격이 천정부지로 뛰어올랐기 때문이다.

S는 상속세 대책에 만전을 기하려고 먼저 유명한 천재 세무사와 상담을 했다. 세무사는 M&A(Merger and Acquisition)로 지주 회사를 만들어 상속세를 경감하자고 제안했다.

지주 회사의 주식 평가는 주식을 매입하는 차입금을 부채로 보고 시가의 절반으로 경감된다. 이 지주 회사가 소유한 주식을 다른 지주 회사에 출자하면 평가액이 더욱 줄어든다. 주식을 취득하는 데 쓰는 자금은 막대한 차입금으로 조달하면 된다.

그러나 국세청에서 이 방법을 인정하지 않았다. 예정대로 진행했다면 상속세는 10억 원밖에 안 될 텐데 국세청에서 반발하는 바람에 세금이 80억 원으로 늘어나고 말았다. 결국 M&A의 상속세 대책은 실패로 돌아갔다.

이 대책은 형식적으로는 합법한 방식이었으나 실질적으로

는 탈세나 마찬가지였다. 일본의 유명한 유통 회사의 사장이
이 방법으로 상속세를 줄이는 데 성공한 적이 있는데 세상은
한 번 속지 두 번 속지는 않았다.

출판사를 향한 S의 정열

차입금은 계속해서 늘어났다. 총차입 금액은 550억
원이었고, 이중 400억 원이 상속세 대책으로 쓰였다. Q출판사
는 부동산 가격 하락으로 자산이 줄어든 상황 속에서 출판 업
계의 불황까지 맞았다.

Q출판사는 젊은이들을 겨냥한 언론 전문 잡지를 주로 출판
하는 회사였다. 그런데 젊은이들의 관심이 게임 산업으로 이
동하여 판매 부수가 급격히 줄어들었다.

1992년, 이러한 상황 속에서 창업주가 사망했다. S는 막대
한 책임과 함께 Q출판사를 계승해야 했다. 본래 상속 재산이
빚만 남았을 때는 '상속 포기'를 선언하고 빚을 물려받지 않
는 것이 일반적이다. 그러나 후계자인 S와 그의 누나 Y는 어
떻게든 회사를 계승하고자 했다. 이로써 위험을 무릅쓴 모험
이 시작되었다.

살아만 있으면 어떻게든 된다

　　S는 상속 발생 후에 연납을 선택했고, 기한은 일본 상속세법상 20년이었다. S는 상속세 대책을 위해 주식회사를 설립하기도 했지만 그것도 여의치 않아 연대 보증 책무를 안고 파산했다. 총부채는 550억 원이었다. 파산에 이르기까지의 심경을 Y는 이렇게 이야기했다.

　　"우리는 정말 두 손 두 발 다 들었습니다. 언제 압류가 들어올지 몰라 조마조마했으니까요. 그렇지만 자꾸 지난날을 돌아본다고 일이 해결되는 건 아니잖아요? 살아만 있으면 어떻게든 되겠지, 하는 생각만 들더군요."

　　그래도 다행인 점은 S와 Y가 의연하게 대처했다는 사실이다. 파산에 이르면 일부 경영자들은 성급하게 자살을 선택하기도 하고, 지나친 스트레스로 아예 재기 불능 상태가 되기도 한다. 그러나 S와 Y는 사태를 냉정하게 판단한 후에 기업을 존속시키기로 했고, 채무 정리를 위한 방책을 세우기 시작했다.

　　살아만 있으면 어떻게든 될 거라고 희망을 품은 Y도 채무 때문에 잠을 설치는 등 이만저만 고민이 아니었다. 심지어 몸무게가 5킬로그램이나 빠졌다. 그러나 Y는 포기하지 않았다.

우리 팀이 Y를 만난 것은 바로 이 무렵이었다.

"지푸라기라도 잡고 싶은 심정입니다. 모든 것을 맡길 테니 잘 부탁드립니다."

Y의 말대로 우리의 신뢰 관계는 마지막까지 무너지지 않았다. 내가 이 책에서 이야기하고 싶은 내용은 기업 재건에 관한 경험이 아니므로 뒷이야기는 다음 기회에 하기로 하겠다. 그래도 간단하게 정리하자면 두 사람은 업태를 변경한 분사(分社)를 세워 재기에 성공했다.

눈에 보이는 재산이 전부가 아니다

- 기업 재건의 열쇠는 경영자 자신에게 달렸다
- 창업주가 두 자식에게 남긴 최대의 유산

기업 재건의 열쇠는 경영자 자신에게 달렸다

'가난해지면 품성도 떨어진다', '무항산이면 무항심이다(無恒産者無恒心 : 일정한 생업(生業)이나 재산이 없는 사람은 마음의 안정도 누리기 어렵다는 말)' 라는 격언이 있다. 경제적 곤궁과 인간의 정신이 비례한다고 단언하고 싶지는 않지만 힘든 생활을 이겨내지 못하고 패배하는 사람이 있는 것만은 확실하다. 특히 직업이 변호사이다 보니 공명정대하다고 평판이

자자하던 기업인이 자사가 경영난에 빠지자 완전히 돌변해 말년엔 타인에게 비난을 받으며 사는 모습을 목격하기도 한다.

그런 점에서 보면 Q출판사의 후계자인 S와 그 누나이자 공동 경영자인 Y는 마음이 굳고 야무진 편에 속한다. 특히 놀라운 점은 남매가 단 한 번도 상속 문제로 싸움을 한 적이 없다는 사실이다.

이렇게 상속인이 상속 재산에 얽매이지 않은 일은 매우 드물다. 출판사를 재건할 때도 미적거리며 판단을 미룬 적이 없었다. 부채에 대해서도 보기 흉한 태도를 취하지 않았고, 언제나 우리를 완전히 믿어주었다. 남매가 이런 태도를 보여주지 않았다면 채무 정리도 원활하게 진행하지 못했을 뿐 아니라 실효도 거두지 못했을 것이다.

나는 Q출판사의 재건에 매달리면서 기업 재건에 가장 필요한 요건은 바로 경영자 자신의 정신이라고 통감했다. 남매가 아버지인 창업주에게 물려받은 재산은 고액 부채에 시달리는 사업뿐이 아니었다. 이들은 절체절명의 순간에도 힘을 낼 수 있는 정신을 물려받았다.

창업주인 아버지는 아들에게 최고의 교육 환경을 제공했고 교육에 대한 투자를 아끼지 않았다. 본인 자신은 작은 시골 마을에서 고등학교를 졸업하고 홀로 상경해 회사를 설립한, 그야말로 자수성가한 인물이었다. 학력 때문에 서러움을 겪어야 한 아버지는 '좋은 학교에 우수한 인재가 모인다'는 생각으로 아이들을 교육하는 일에 투자를 아끼지 않았다.

아버지인 창업주가 후계자인 아들에게 경영자로서 요구한 사항은 인맥이었다. 아버지는 항상 아들에게 운동으로 여러 사람과 친해져야 한다고 강조했다. 다행히도 아들은 공도 제대로 못 던지는 아버지와는 달리 운동 신경이 매우 뛰어났다.

처음에는 럭비를 했고, 무릎을 다친 후에는 골프를 시작해 유명한 사립 대학에서 골프부 주장을 맡기도 했다. 물론 골프를 권한 사람은 아버지였다. S는 결국 자의든 타의든 간에 매우 다양한 사람과 친밀한 인간관계를 유지했다.

창업주가 두 자식에게 남긴 최대의 유산

상속이라고 하면 눈에 보이는 재산, 즉 부동산, 은행 예금, 주식 따위를 떠올리기 쉽다. 그러나 상속 재산 중에는 눈에 보이지 않는 재산도 얼마든지 있다. 예컨대 체질, 성질, 기질이 그렇고 부모의 영향을 받은 인생관이 그렇다. 생활 신조나 금전 철학, 학력, 교우 관계 등 후천적으로 길러진 모든 생활 습관도 빼놓을 수 없다. 이러한 재산은 부모의 생활 태도와 무관하지 않다.

창업주는 아들과 딸에게 이런 눈에 보이지 않는 재산을 풍부하게 남겼다. 그중 눈에 띄는 재산은 견실한 금전 감각이다.

창업주는 언제나 소박한 생활을 신조로 삼았고, 이는 사업이 한창 잘 풀릴 때도 변함이 없었다고 한다.

Y의 말에 따르면 창업주는 항상 '불경기야, 불경기' 라는 말을 입버릇처럼 되뇌며 가족들이 사치하도록 내버려 두지 않았다고 한다. 또한 그런 정신이 투철했기 때문에 출판사의 자산을 사유 재산으로 혼동하는 일도 엄격하게 금했다고 한다.

창업주는 집에 대한 생각도 남달랐다. 어쩌면 이 생각이 창업주의 기업 정신을 대변하는지도 모르겠다. 즉, 먼저 사원에게 환원하고 설비에 투자해서 운전 자금을 충분히 마련해 둔 다음에야 비로소 기업의 이익을 자택에 투자해야 한다고 생각했다. Y는 그 덕분에 늘 낡은 집에서 살아야 했으며, 그렇게 소박한 생활을 주장한 사람은 비단 아버지뿐이 아니라고 했다.

그의 어머니도 아버지에게 뒤지지 않을 정도로 검소한 사람이었다. 특히 자신의 신조를 종이에 적어 가족이 모두 볼 수 있는 장소에 붙여두었다고 한다. Y는 웃으면서 이렇게 이야기했다.

"어머니의 신조는 '돈을 꾸지 말자' 였습니다. 아쉽게도 어머니의 신조는 지키지 못했군요."

창업주는 검소한 생활을 주장하면서도 한편으로는 아들에

게 놀러 다니라고 강조했다. 모순 같지만 그 배경에는 아들이 자신보다 더 뛰어나기를 바라는 아버지의 마음이 담겨 있다. 아버지는 경영자로서 다른 사람을 접대하는 데 너무 서툴렀다고 한다. 그래서 아들만큼은 타인을 접대하는 데 어려움이 없도록, 놀면서 접대에 관한 노하우를 터득하기를 바랐다.

아들은 아버지의 가르침을 충실하게 따랐고, 덕분에 아버지는 아들이 내민 계산서를 보고 몇 번이나 눈이 휘둥그레졌다고 한다. 그러나 그것이 헛된 일은 아니었다. 아들은 항상 거래처와 좋은 관계를 유지했기 때문이다. 아들은 인맥이 넓고도 끈끈했다.

아들이 아버지에게 '놀러 다녀라' 라는 가르침을 물려받았듯이 딸인 Y도 고난을 회피하지 않는 굳은 심지와 활달함을 물려받았다. 특히 어머니의 쾌활함은 Y에게 본보기가 되었다. 물론 이러한 자질은 두 사람의 노력이 빚은 결실이기도 했다. 그러나 이른바 가정 환경이 기여한 부분, 곧 아버지와 어머니의 가르침이 무엇보다도 큰 영향을 끼쳤음은 의심할 여지가 없다.

Q출판사의 창업주는 두 자식에게 눈에 보이지 않는 재산, 곧 기업인으로서 갖추어야 할 자질을 유산으로 남겼다. 눈에 보이는 유산은 막대한 부채였다. 그러나 눈에 보이지 않는 유산은 부채에 굴하지 않고 마침내 Q출판사를 위기에서 탈출하게 만들었다.

사건이 해결된 뒤에도 나는 이 남매와 계속해서 연락을 주고받으며 지낸다. 우리의 신뢰 관계는 앞으로 더욱 깊어질 것이다. 나는 유산 상속에 이어 파산을 맞이하면서도 서로를 아끼며 과감하게 사업에 도전한 이 남매의 모습에 큰 감명을 받았다. 게다가 이들이 각계각층의 사람들과 맺은 인간관계는 상속 파산과 상관없이 계속해서 끈끈하게 이어지고 있다. 재산에 얽매이지 않고 언제나 소신대로 밝게 살아가는 이들의 태도가 그 비결일 것이다.

안일한 세습이 기업의 쇠퇴를 초래한다

• 후계자 선택은 기업의 사활이 걸린 문제
• 당신은 확고한 경영 철학이 있습니까?
• 한심한 경영자
• 파멸의 카운트다운은 이미 시작되었다

후계자 선택은 기업의 사활이 걸린 문제

일본 중소기업의 약 40퍼센트는 창업주의 뒤를 이을 후계자가 존재하지 않는다고 한다. 창업주에게는 안타까운 일이겠지만 나는 그렇게 생각하지 않는다. 후계자가 없어도 사업을 존속할 방법은 있다. 예컨대 M&A가 그렇다.

후계자가 있으면 일반적으로 자사 주식을 자신의 자녀나 손자, 지주 회사에 매각한다. 그러나 후계자가 없으면 제3자에게 매각하면 그만이다. 특히 오늘날처럼 경쟁이 치열한 시대에는 대기업뿐 아니라 중소기업 역시 M&A를 해야만 한다.

후계자 문제는 중소기업, 그중에서도 동족 회사의 경영자에게는 생명과도 같은 중대한 문제이다. 안일한 세습은 반드시 기업 쇠퇴를 초래한다. 후계자 선택에 실패한 모 동족 회사의 창업주는 기업 파산은 피했으나 후계자인 아들과 함께 회사에서 쫓겨나야 했다. 그리고 결국 부자의 인연마저 끊겼다.

후계자 선택은 경영자만의 문제가 아니다. 직장인 역시 아들의 진로에 영향을 끼친다는 면에서 공통점이 많다. 부디 다른 이의 실패를 거울 삼아 세습으로 자신의 무덤을 파는 일은 없어야겠다.

당신은 확고한 경영 철학이 있습니까?

이제부터 소개할 SY운송은 창업 40주년을 맞이한 회사로 사원은 모두 32명이었다. 기타간토(北關東) T시, T현 K군, 수도권 K시에 사업부를 둔 운송 회사였다. 창업주가 회사 재건을 위해 우리를 찾아온 것은 1999년의 일이었다.

이 회사의 연말 손실액은 약 2억 원, 차입금 잔액은 38억 원이었다. 이미 1995년부터 자금 부족에 허덕이는 상태였다. 이 동족 회사는 자금이 부족해지면 이를 피하기 위해 다시 돈을 꾸어 해결해 나가는, 이른바 '돌려 막기'를 하고 있었다. 1999년 9월에 더는 손을 쓸 수 없을 만큼 빚이 불어나자 창업주는 도산을 피할 방법을 찾으려고 우리를 찾아왔다.

우리는 어느 기업을 막론하고 기업 재건을 계획하기에 앞서 항상 경영자의 경영 철학을 묻는다. 확고하고 정열적인 경영 철학이 경영자는 물론이고 사원의 투지를 북돋우는 좋은 계기가 되기 때문이다. 그러나 결과는 실망스러웠다.

대표 이사에 취임한 지 4년째를 맞이하는 2대 사장 M은 경영 철학은커녕 애사(愛社) 정신이나 위기 의식조차 희박했다. 사장이 갖추어야 할 기개나 정신은 도저히 찾아볼 수 없었다. 당당한 풍채와 온화해 보이는 얼굴에서 나오는 말이라고는 모두 자신을 보호하기 위한 변명과 책임을 회피하는 말뿐이었다. 회사를 살리려면 무엇보다 먼저 사장부터 바꾸어야 했다.

한심한 경영자

동족 회사의 종언은 경영자 일족의 도덕 정신 결여에서 비롯되는 일이 많다. M사장과 그 일족도 마찬가지였다. 대략 열거하면 다음과 같다.

1. 경영자가 자신의 능력 부족을 감추려고 거짓말을 한다.

M사장이 자신의 무능함을 숨기려고 유치한 거짓말을 늘어놓는 일은 비일비재했다. 한번은 자신의 공적을 내세우려고 막대한 액수의 거래를 조작하기도 했다. 사실 이런 일은 일본에서는 매우 흔하다. 꽤 유명한 사건으로 일본을 대표하는 유명 기업의 2세가 광고 대리점에서 자신의 입지를 세우기 위해 허위로 광고를 제작하기도 했다.

2. 기본적인 사업 예절이 결여되었다.

사장은 기업의 대표자이므로 거래처에 실례되는 행동을 하지 않도록 주의해야 한다. 그러나 M사장은 예의를 지키지 않을 때가 많았다. 예컨대 접대 골프를 하는 자리에서 접대하는 측인 M사장이 크게 지각한 적이 있었다. 상대방은 화를 내며 돌아갔고 그 뒤에도 똑같은 일이 연속해서 세 번이나 일어났다.

3. 공사를 혼동하고 경리 처리가 엉성하다.

SY운송은 M의 아내가 경리 담당이었고, 회사에 한 번도 나온 적이 없는 어머니가 감사를 맡았다. M의 결혼 비용 일체를 시작으로 호화 저택 건축비, 유흥비, 아내의 호화 미용 센터 비용 따위가 모두 회사 경비로 충당되었다.

SY운송에는 이해할 수 없는 현금 도난 사건이 네다섯 차례나 있었다. 도난당한 총액은 약 3천만 원이었다. 경리를 담당한 M의 아내는 경찰 조사에서 사직한 모 사원의 짓이라고 주장했지만 범인으로 지목받은 사람은 당시 병원에서 입원 치료 중이었다. 그리고 얼마 안 있어 곧 피해 신고를 취하했다.

이러한 악행이 빈번하게 일어난 까닭은 무엇일까?

파멸의 카운트다운은 이미 시작되었다

SY운송의 창업주인 Y에게는 아들이 셋 있었다. M은 장남이었는데 사업을 계승한 이유는 꼭 장남이어서가 아니라 달리 계승할 사람이 없었기 때문이다.

창업주 Y는 전후 빈털터리 상태에서 최고 매출 100억 원을 자랑하는 운송 회사를 일으켰다. 180센티미터가 넘는, 장신이었던 그는 자는 시간도 아까워할 만큼 매우 부지런히 일했다. 인정도 두터웠고, 한 번 결정을 내리면 자존심도 버리고 일에만 매진하는 사람이었다. 지도자로서 자질도 있었고, 사원들을 아낄 줄도 알았다.

Y가 20대 후반일 때 장남 M이 태어났다. 결혼식을 올린 다음 해였는데 당시 아내의 나이는 열일곱이었다. 아내의 미모에 첫눈에 반한 Y가 맹렬한 구애 공격을 퍼부은 끝에 부모에게서 거의 빼앗아오다시피 아내를 데려왔다고 한다. 이어서 차남과 삼남이 태어났다.

당시 일본은 고도성장기에 접어들었다. 소득 배증 계획(所得 倍增計劃)으로 일하는 정도와 금전적인 풍요가 비례하던 시기였다. Y는 휴일도 반납하고 일에 몰두했다. 당연히 아내와 이야기를 나누거나 아이들과 놀아줄 시간이 없었다. Y 대신에 그의 자녀들을 데리고 동물원이나 유원지에 놀러간 사람은 Y와 사업상 친분이 있던 K였다. K는 그때를 이렇게 회상한다.

"M은 사업가나 경영자로서는 정말 자질이 부족한 남자입니다. 하지만 어렸을 때는 말도 잘하고 성격도 좋은 착한 아이였습니다."

그런 M이 대학을 졸업하고 아버지의 회사에 취직했다. 가장 먼저 시작한 일은 운전이었다. 사장 아들이라고 해서 누구하나 봐주는 것 없이 다른 사원들과 마찬가지로 동료들과 서로 이름을 부르며 친하게 지냈다고 한다.

무능한 2세보다 유능한 타인

・교육할 사람이 없다는 것은 비극이다
・직원에서 총책임자로
・새로운 사장과 일치단결
・경영자는 후계자의 역량을 꿰뚫어 볼 줄 알아야 한다
・자신의 대에서 직접 끝맺음을 지어라

교육할 사람이 없다는 것은 비극이다

아무리 무능해도 사장의 아들은 아들이었다. 40세가 되었을 때 M은 전무이사로 승진해 T현에 있는 사무소에 책임자로 발령받았다. M이 거짓말을 일삼은 것은 바로 그 무렵부터였다. 그러나 M의 주변에는 거짓말을 듣고 나무라거나 바른 길로 인도해 주는 사람이 없었다.

세습으로 회사를 넘겨줄 때는 일반적으로 회사의 실력자가 후계자를 보좌하거나 사장 자신이 몸소 후계자를 지도한다. 원래대로라면 Y도 M을 직접 지도했을 것이다.

그러나 Y의 신상에 아들의 교육보다 더 중요한 일이 생겼다. 여자 문제였다. 부부 관계는 그대로 유지한 채 정부와 거의 은거 생활을 했다고 한다. 따라서 Y에게는 아들을 가르칠 만한 여유가 없었다.

차남은 은행의 지점장이고 삼남은 교수였다. 두 사람 모두 아버지와 사이가 좋지 않았다. 게다가 각자 자신의 길을 걸었기 때문에 회사를 계승할 의지도 없었다. 결국 할 수 없이 M이 사장 자리에 오르기로 했다.

직원에서 총책임자로

Y도 M이 사장으로 취임하는 일이 내심 불안했다고 한다. 그러나 타인에게 회사를 맡기는 데까지는 생각이 미치지 못한 모양이다. 그 대신 사업상 친분이 두터운 K를 자사에 스카우트해서 자기 대신 아들을 보살펴 달라고 부탁했다.

1995년에 드디어 M이 사장으로 취임했다. 이로써 SY운송에 비극의 막이 올랐다. 당시 M의 사장 취임을 진심으로 기뻐한 직원은 아마 한 사람도 없을 것이다. 그래도 K는 거래처 사람들을 일류 음식점에 초대해 '저희 신임 사장님을 앞으로 잘 부탁드립니다' 하고 인사할 예정이었다.

　그러나 K가 인사를 하기 직전, 음식점의 빈방에서 M은 K에게 이렇게 말했다고 한다.

　"이제 제가 사장이 되었으니 사표를 써주셨으면 합니다."
　"그런 말씀을 하실 줄은 몰랐습니다. 네, 지금 즉시 대답해 드리죠. 사표를 쓰겠습니다."

　얄궂게도 K가 회사를 떠나기 직전에 사원 전원이 사장 사퇴를 요구하기 시작했다. 회사는 파산 직전이었다. K는 마음을 돌려 회사 재건을 위해 그냥 남기로 결정했다. 또한 동시에 회사 재무 상황을 완전히 재편성해 회사 재건을 준비하기 시작했다. 이것은 M과의 결별을 뜻했다.

새로운 사장과 일치단결

　　　K는 가장 좋은 해결책을 찾기 위해 M과 함께 우리를 찾아왔다. 상담 끝에 사업 양도 방식으로 재건을 꾀하기로 했다. 사업 양도 방식으로는 사업 경영자나 경영 간부가 기존의 주주에게서 주식을 사들여 경영권을 취득하는 MBO(Management Buy-Out) 방식을 응용했다. MBO는 기업의 합병과 매

수를 뜻하는 M&A의 한 형태로, 최근 널리 쓰이는 새로운 경영 방식이다.

우리는 은행을 비롯한 금융기관과 끈질기게 협상한 끝에 사업 재건에 성공했다. SY운송은 소멸했고 M은 사임했다. 그리고 K가 영업 양도되는 새 회사의 사장으로 취임했다. 비록 SY운송은 사라졌지만 사원이나 고객은 그대로 유지되었기 때문에 사회적으로 문제를 일으킬 염려는 없었다.

새 회사는 올해로 사업 재건을 시작한 지 2년째를 맞이한다. K의 진두 지휘 아래 온 사원이 힘을 모아 노력한 결과 이제는 연간 순수익이 6억 원에 달한다고 한다.

경영자는 후계자의 역량을 꿰뚫어 볼 줄 알아야 한다

기업을 지탱하고 발전시켜 나가는 힘은 경영자의 인격과 지식이다. SY운송에서 일어난 일련의 사건을 되돌아보면 그러한 경영자, 곧 후계자를 선발하는 일이 얼마나 중요한지를 새삼 깨닫게 된다.

기업은 사람을 대표하고, 사람은 기업을 대표한다. 경영자는 후계자 자리를 원하는 아들, 딸, 손자가 정말로 경영자로서의 능력과 상식을 갖추었는지 꿰뚫어 볼 줄 알아야 한다. 설령 경영자의 재목이라 해도 본인의 의지를 거스르면서까지 사업을 계승하게 해서는 안 된다. 이는 본인에게나 기업에나 결코 행복한 일이 아니다. 또한 본인이 원해도 그 바람이 올바른 선택이라고는 아무도 장담하지 못한다.

기업을 존속하게 하는 비법은 많다. 꼭 혈연관계에만 매달릴 필요는 없다. 오늘날과 같은 시대에 기업을 오랫동안 건전하게 유지시키고 싶다면 경영자도 그에 합당한 노력과 공부를 해야만 한다. 만약 K가 경영자가 되지 않았다면, 그리고 K가 그 자리에서 노력하지 않았다면 사원들은 생활을 보장받지 못했을 것이다.

K와 SY운송은 현재 대기업에서 생산하는 가전제품을 대상으로 하는 폐기물 재활용 사업으로 업태를 바꾸어 실적을 올리고 있다. 나는 앞으로 이 회사가 더 크게 발전하리라 믿는다.

SY운송 못지않게 창업자인 Y의 삶도 파란만장했다. Y는 가정을 버리고 무능한 아들에게 회사를 넘겨주면서까지 정부와 지내는 새 삶을 포기하지 않았었다. 그러나 정부가 작년에 자살함으로 두 사람의 새 삶은 종지부를 찍었다.

자신의 대에서 직접 끝맺음을 지어라

사업은 이익 창출을 목표로 하고, 경영자는 그 결과에

따라 자질을 평가받는다. 사업을 이어가는 방법은 한 가지가 아니다. 여러 답안 중에서 올바른 답안을 선택해 더 많은 이익을 창출하려면 창업할 때보다 더 큰 힘을 쏟아 부어야 한다. 이 힘이 있느냐 없느냐가 경영자의 자질을 평가하는 첫 번째 잣대다.

항상 안정을 유지하는 회사는 없다. 그러나 경영자는 안정을 보장받지 못하는 상황에서 더 더욱 사원들의 안정을 보장해 주어야 한다. 자신이 창업했든 회사를 대대로 물려받았든 간에 세습은 영원할 수 없다. 자신의 대에서 해결해야 할 일은 확실하게 끝맺음을 지어야 한다.

안일한 생각으로 자손에게 회사를 물려준다면 끝맺음은 결국 자손의 몫이 될 수밖에 없다. 때늦은 뒤처리는 창업할 때보다 품이 많이 든다. 또한 그 결과도 좋지 않아 부모와 자식의 인생까지 파멸에 이르게 한다.

부모와 다른 길을 걸으므로 삶이 즐겁다

아이는 자기 나름의
능력과 꿈이 있다

아이는 자기 나름의 능력과 꿈이 있다

사업, 가업, 직업 등 부모가 종사하는 일은 자식에게 큰 영향을 끼친다. 옛말에도 있지 않은가, 서당 개 삼 년이면 풍월 읊는다고. 그만큼 부모의 역할이 크다.

가업을 이어나가는 집에서 태어난 사람은 철들기 전부터 손님을 접대하는 방법을 보고 배운다. 그러므로 아무래도 직장에 다니는 부모 밑에 태어나 스스로 회사를 차린 사람보다 훨씬 수

월하게 일할 수 있을 것이다. 반대로 일정한 기간에 월급이 나오는 직장인 가정에서 자란 사람은 수입이 들쭉날쭉한 자영업이 불안하게만 느껴질 것이다. 그래서 사람들은 부모와 같은 직종을 선택하면 더욱 안정적으로, 능력을 마음껏 발휘하며 살 수 있으리라고 생각한다.

하지만 그것은 착각이다. 모든 사람에게는 각기 타고난 능력이 있다. 부모에게는 부모의 능력이, 자식에게는 자녀의 능력이 있다. 아무리 부모 자식 간이라고 해도 똑같은 능력을 타고나는 일은 없다. 자기 능력을 최대한 발휘할 수 있는 직업을 찾아야 인생이 즐겁고 자신에게 만족할 수 있다.

부모는 자식에게 특정 직업을 강요하지 말아야 한다. 능력에 맞는 일을 선택할 수 있도록 도와주어야 한다. 가업 역시 마찬가지다. 대대손손 상업에 종사한 집안이라 해도 자신의 대에서 그 고리를 끊을 줄 알아야 한다. 자신이 체험해 보지 못한 직업을 자식이 선택한다면 마땅히 박수 치고 응원해 주어야 한다. 이는 부모에게도 가슴 설레는 일이다. 자식과 함께 미지의 세계를 체험한다면 그만큼 인생의 폭도 넓어질 것이다.

아무리 무모해 보이는 도전이라 할지라도 최선을 다해 노력한다면 자식은 분명 어떤 난관이든 헤쳐 나갈 것이다. 부모는 자녀를 믿기만 하면 된다.

4장 그래도 살 집은
남겨야 하지 않을까?

이런 집이라면 안심이다

- 가장 소박하고 큰 꿈
- 할머니의 100억 원짜리 집
- 돈과 머리는 써야 한다

가장 소박하고 큰 꿈

　　일본의 일반 서민의 가장 소박하고 큰 꿈은 집을 장만하고 정년 퇴직할 때까지 그 대출금을 갚는 것이다. 집세를 내지 않아도 되는 내 집만 있다면 밥은 어떻게 먹든 상관이 없을 정도다. 말 그대로다. 요즘에는 거리의 부랑자도 살이 찔 지경이 아닌가. 돈 몇 푼만 있으면 산 입에 거미줄을 칠 염려는 없다.

특히 일본 대부분의 직장인은 후생연금(厚生年金)을 붓기 때문에 집만 있으면 죽을 때까지 생활을 보장받는다. 이런 연금 제도 때문인지, 대부분의 사람들은 정년 퇴직하기 전에 어떻게든 살 공간을 마련하려고 한다. 여유가 좀 있는 사람은 자녀 한 사람당 집 한 채씩을 지어주려고 한다. 그것도 가능한 자신의 집 옆에 말이다.

할머니의 100억 원짜리 집

나와 함께 일하는 야마우라 구니오(山浦邦夫) 세무사가 담당한 사건 중에 다음과 같은 재미있는 예가 있다.

할머니는 100억 원이나 되는 남편의 유산을 현금으로 상속받았다. 큰돈을 손에 넣었지만 이제부터는 혼자 쓸쓸하게 살아야 했다. 할머니에게는 딸이 넷이 있었다. 워낙 뒤숭숭한 세상이라 야마우라 구니오는 할머니에게 딸 중 누군가와 함께 사시라고 권했다. 뭐니 뭐니 해도 100억 원이나 되는 돈이 있으니 적어도 한 명쯤은 돈을 바라는 마음에서라도 할머니와 살아줄 것이라 믿었다.

그러나 아니었다. 어느 누구도 할머니와 살려고 하지 않았다. 그러자 할머니는 무슨 생각을 했는지 딸네와 가까운 곳에

호화 저택을 지었다. 처음 한동안은 할머니 혼자서만 지냈다. 시간이 가면서 하나둘씩 이 집을 드나들기 시작했는데, 바로 손자손녀들이었다. 손자손녀가 올 때마다 할머니는 일을 부탁했고, 그 답례라면서 용돈을 듬뿍 쥐어주었다. 힘쓰는 일, 물건을 높이 올리고 내리는 일, 운전 등 할머니는 손자손녀의 도움으로 편히 살게 됐다. 손자손녀들은 용돈이 떨어지면 할머니 집을 찾아와 일을 시켜달라고 졸랐다. 그러다 보니 딸들도 자연스럽게 할머니 집을 들락거리기 시작했고, 소원하던 사이가 차츰 가까워졌다.

손자 소녀들에게 둘러싸인 할머니는 행복했다. 남편의 유산이 가져다 준 행복이었다.

돈과 머리는 써야 한다

현재 할머니의 즐거움은 유언장을 작성하는 일이다. 해마다 딸들의 행동을 평가해서 상속 재산을 분할했다. '작년에는 큰애가 해외 여행을 하게 해주었으니까 조금 더 주고, 올해는 작은애가 온천에 데려가 주었으니까…' 하는 식으로 자신을 즐겁게 해준 딸에게 그만큼 더 많은 재산을 남겼다. 할머니는 유언장을 남편 제단 아래 숨기고 야마우라 구니오에게만 그 장소를 알려주었다.

딸들은 이 사실을 모른다. 그러나 누가 시키지도 않았는데 돌아가면서 할머니와 여행도 다니고, 무슨 일이 있을 때마다 꼬박꼬박 할머니 집에 모여 밥도 같이 먹는다. 비용은 물론 할머니 몫이다. 게다가 만날 때마다 손자손녀를 포함해 참가자 전원에게 용돈을 주기 때문에 결석하는 사람도 적다.

어쩌면 이러한 삶이 딸들 중 어느 한 명과 같이 사는 편보다 훨씬 나을지도 모른다. 누구 눈치를 볼 필요도 없는 자택에서 할머니는 조용히, 친구 같은 개 한 마리와 시간을 보냈다.

평범한 일반 서민은 이렇게 하기 힘들지도 모르겠다. 그러나 돈과 머리는 쓰라고 있는 것이다. 자식에게 집을 물려주는 데만 신경 쓰지 말고 이러한 방법으로 여생을 행복하고 안전하게 보내는 것은 어떨까? 할머니의 예는 우리에게 시사하는 바가 크다.

사실은 자녀와 함께 살고 싶다?

· 홀로 살기 싫어서 함께 산다?
· 반복되는 사소한 갈등이 벽을 쌓는다

홀로 살기 싫어서 함께 산다?

"자식에게 집을 한 채씩 지어줄 형편은 못 되지만 다세대 주택이나 2층짜리 집을 지어서 함께 살 수는 있다."

아마도 이런 생각을 하는 사람이 많을 것이다. 그래서인지 부모가 1층을 쓰고 자식 내외가 2층을 쓰는 이른바 '따로 또 같이' 사는 가족이 많다.

사람들은 요즘 같은 세상에 자식에게 신세지며 살고 싶은 부모가 어디 있냐고 말한다. 하지만 그 말이 진심일까? 자식에게 아무런 부담을 주지 않는다면 누구든 같이 살았으면 싶을 것이다.

　　나는 치매로 고생하시는 아버지를 병간호해 본 경험이 있기 때문에 나이 드신 부모님과 함께 사는 일이 매우 어렵다고 생각한다. 설령 부모와 자식이 모두 경제적으로 윤택해도 같이 살게 되면 어떻게든 서로에게 부담을 주기 마련이다. 그래서 나는 죽을 때가 되면 혼자 살려고 한다. 내가 아직 젊어서 그러는지 자식에게 늙고 약한 모습을 보이기 싫어서 그러는지 잘 모르겠지만, 죽을 때는 담담하고 깨끗하게 죽고 싶다.

　　부부가 같이 건강하다면 몰라도 둘 중 하나가 죽고 나면 그래도 자식이 부모를 모셔야 하지 않겠냐고 주장하는 사람도 많다. 특히 아내를 앞세운 남성은 처량해 보인다고 한다. 나만 해도 내가 죽은 후에 아내가 혼자 살 생각을 하니 벌써부터 마음이 무겁다. 만약 아들이 모신다면 안심하고 죽을 수 있으리라.

　　그러나 배우자가 죽은 후에 혼자서 살아야 할 때가 오면 아이들도 장성해서 저마다 가정을 꾸리고 산다. 가고 싶은 딸네는 시부모를 모시고, 아들네로 가자니 며느리와 사이가 좋지 않고, 때로는 손자손녀들이 함께 사는 일을 거세게 반대하기도 한다.

그러므로 그렇게 되기 전에 별문제없이 온 가족이 함께 살 수 있는 방법을 모색해야 한다. 그런 면에서 보면 따로 또 같이 사는 '2세대 주택'도 꽤 괜찮을 듯하다. 서로 사는 구역이 나뉘어 있으니 고부 간에 갈등도 덜할 테고 말이다.

반복되는 사소한 갈등이 벽을 쌓는다

자녀를 모아놓고 '집을 2세대 주택으로 개축할 테니 함께 살자. 집세는 받지 않으마'라고 말을 꺼내면 장남이든 시집간 딸이든 자녀들 중 누군가는 그러자고 할 것이다. 그래서 새로 집을 짓고 한 건물에서 같이 살기 시작하면 처음에는 아무런 문제가 없다. 그러나 차츰 사소한 갈등이 쌓이고, 결국에는 사이가 완전히 벌어지게 된다.

"스스로 말과 행동에 주의하면 별문제없지 않을까? 살다 보면 마음에 들지 않는 사람하고 이웃사촌이 되기도 하는데……."

이렇게 반박하는 사람도 있다. 그러나 가족과 타인은 다르다. 타인은 잠깐 동안만 같이 지내면 되지만 가족은 함께 생활을 해야 한다. 만약 직장 동료와 사이가 멀어지면, 그래서 참을 수 없으면 회사를 그만두면 된다.

그러나 가족은 그럴 수 없다. 가족이란 인연을 끊기는 어렵다. 며느리가 마음에 들지 않는다고 시어머니가 멋대로 나가라고 말할 수도 없고, 그렇다고 자신이 집을 나갈 수도 없다.

설령 며느리가 시어머니를 구박해도, 이미 연로한 시어머니는 며느리에게 이렇다 할 제재를 가할 수가 없다. 시어머니에게 며느리와 맞설 수 있는 기력과 힘이 있다고 해도 문제다. 골이 패일대로 패인 사이인데 어느 며느리가 시어머니를 모시려고 하겠는가. 또한 어느 시어머니가 그런 며느리와 함께 살고 싶겠는가.

나이를 먹을수록 타인과 등을 지지 말아야 한다. 가족 역시 마찬가지다. 가족과 갈등이 심할수록 외로워지고 힘들어지는 사람은 나이를 먹은 노인이다. 기력이 떨어지면 혼자서 외출도 제대로 하지 못하고, 무거운 짐도 들지 못하며, 높은 곳에서 물건을 꺼내지도 못한다. 누군가가 도와주지 않으면 생활하기가 힘들다. 많은 노인들이 분하고 억울해도 참고 사는 이유는 이 때문이다.

한 집에서 살자니 불편하고, 그렇다고 좀 떨어진 곳에 집을 짓자니 여유 자금이 없고, 이러한 이유로 많은 사람들이 2세대 주택을 짓는다. 자신의 노후를 돌봐주니까 명의를 공동으로 하거나 구분 소유(여러 사람이 한 동(棟)의 건물을 여럿으로 구분하여 그 일부를 소유하는 일. 아파트나 고층 건물의 소유 형태가 그 예이다)하기도 한다. 그러나 그런 행동은 훗날 갈등의 원인이 된다.

2세대, 3세대 주택의 위험

· 갈등은 부모의 이기심에서 비롯되었다
· 우여곡절 끝에 명실상부한 3세대 주택으로

갈등은 부모의 이기심에서 비롯되었다

S는 도심지의 고급 주택에 살고 있었다. 주택 부지는 약 85평. 이곳에 3세대 주택을 세워 1층은 S부부가 살고, 2층은 장남과 차남이 절반씩 나누어 살기로 했다. 공사비도 절반은 부모가 내고, 남은 절반은 장남과 차남이 각각 5억 원씩 부담하기로 했다.

건축 확인(建築確認 : 건축물을 짓기 전에 그 건축물이 건축 기준

법령 등의 규정에 적합한지 확인을 받아야 한다)은 세 부자가 연명으로 신청했다. 그러나 설계가 완성되자 당초 약속한 3세대 주택이 불가능하게 됐다. 설계상 한 세대는 구분 등기를 할 수 있었지만, 다른 한 세대는 부엌이나 화장실이 따로 있기는 해도 목욕탕이나 현관을 같이 사용해야 했기 때문에 공동 명의를 할 수밖에 없었다.

왜 처음 계획을 변경했는지는 알 수 없지만 어쨌든 아버지는 두 형제에게 선택권을 넘겼다. 장남은 장남으로서 부모와 동거하는 쪽을 선택했다. 차남은 일찍이 5억 원을 부모에게 건넸고, 1년 후 건물이 완성되었을 때는 일찌감치 등기도 끝마쳤다.

문제는 장남이었다. 장남은 5억 원을 곧바로 준비할 수가 없었다. 그래서 일단 부모가 은행에서 대출을 받아 장남에게 빌려주고, 장남이 은행에 대출금을 직접 갚기로 했다. 장남 부부는 고마워하며 돈을 갚아나가기 시작했다. 물론 당연히 공동 명의가 될 줄로만 알았다.

그러나 실제로 등기를 마치고 보니 장남의 이름이 빠져 있었다. 장남과 아버지 사이에는 이미 말이 오간 듯했으나 장남은 아내에게 자기도 모르는 일이라고 주장했다. 건축 허가 신청서에 적은 명의와 등기인 명의가 서로 다를 때는 공동 명의를 포기한다는 서류를 제출해야 한다. 아버지가 아들에게 이해를 구하고 서류에 도장을 찍게 했는지, 아니면 장남 말처럼 자기도 모르는 사이에 도장을 찍었는지 그 자세한 내막은 알 수 없었다. 어쨌든 이로써 장남 부부는 아버지의 집에 얹혀 사는 꼴이 되고 말았다.

어머니는 '뭐 어떠니, 어차피 너희 집이 될 텐데 너무 섭섭해 마라' 라며 장남 부부를 달랬다.

우여곡절 끝에 명실상부한 3세대 주택으로

누구보다도 펄펄 뛴 사람은 첫째 며느리였다. 새로 집을 짓는다고 축하해 준 친정 식구들이나 친구들에게 뭐라고 한단 말인가.

첫째 며느리는 대출금 상환을 중단했다. 아버지는 장남에게 집세거니 생각하고 대출금을 상환하라고 명령했다. 그러나 며느리는 그 돈을 낼 바에는 차라리 나가겠다며 반대했다. 결국 시아버지는 공동 명의를 하지 않은 잘못을 시인하고 더는 집세 이야기를 꺼내지 않았다.

쌍방의 갈등은 이때부터 골이 깊어지기 시작했다.

한동안은 평온한 상태가 계속됐다. 다시 문제가 불거진 것은 장남 아들이 초등학교를 입학할 때부터였다. 며느리가 직장에 다녔기 때문에 아이들은 항상 열쇠를 가지고 다녀야 했다. 그런데 시어머니가 반대하고 나섰다. 아이들한테 열쇠를 맡겼다가 무슨 일이라도 생기면 자기네도 피해를 볼 것이 아니냐며 며느리에게 직장을 관두라고 했다. 며느리가 싫다고 하자 시어머니는 위험한 세상이라며 아예 문을 꽁꽁 걸어 잠그고 말았다.

이렇게 되고 보니 아이들만 불쌍해졌다. 집에 돌아와도 문이 잠겨 있으니 안에 들어갈 수가 없었다. 항상 책가방부터 마당에 던져 놓고 작은 몸으로 담을 넘어 들어가야만 했다. 불쌍하다느니 위험하다느니 이웃에서도 말이 많았다. 며느리는 이를 좋은 기회라 생각하고 5억 원을 낼 테니 구분 등기할 수 있도록 집을 개축하자고 제안했다. 어림 잡아 계산해 보니 약 6억 원이 필요했다. 며느리는 그 비용도 부담하겠다고 했고, 시아버지도 좋다고 승낙했다.

공사가 무사히 끝나 장남 명의로 구분 등기를 끝마쳤다. 그러나 공사 의뢰에서 등기에 이르기까지 비용을 포함한 모든 일을 아내가 도맡아 처리했기 때문에 장남은 일체 관여하려 들지 않았다. 그래서 그는 아내가 어디에서 어떻게 구분 등기했는지조차 몰랐다. 어쨌든 이것으로 명실상부한 3세대 주택이 됐다.

그런데 그로부터 1년도 지나지 않아 장남 부부는 이혼을 하기로 합의했다. 장남은 자신의 명의로 되어 있는 집을 위자료로 증여한다고 했고, 아내는 재빨리 명의를 변경했다. 자신이 직접 등기를 한 만큼 명의 변경도 매우 간단했다.

이후 장남은 부모님과 함께 1층에서 살았다. 그런데 이혼 신청서에 도장도 찍고 이혼 조건을 확실히 해두기 위해 공정 증서도 작성하기로 약속한 장남이 약속을 지키지 않았다. 이로써 가정 내 별거, 아니, 가옥 내 별거가 시작됐다.

자신의 재산이 타인의 명의로?

- 이대로 가다가는 남편에게 재산을 넘겨주어야 한다
- 2세대 주택을 둘러싼 다양한 권리 관계
- 두 재판이 동시에 진행된 까닭

이대로 가다가는 남편에게 재산을 넘겨주어야 한다

2년 가까이 기다려도 남편이 약속을 지키지 않자 아내는 재판을 하기로 결정하고 나를 찾아왔다. 그러나 재판에서 승소할 결정적인 이혼 사유가 없었다. 같은 가옥 내에 살고 있기 때문에 별거로 인정받지도 못했다. 그래서 나는 꼭 이혼을 해야 할 절박한 이유가 없다면 좀 더 기다려 보면 어떻겠냐고 제안했다.

그로부터 약 10년이 흘렀다. 그동안 나는 이 일에 전혀 끼어들지 않았다. 이제부터 하는 이야기는 장남의 아내가 한 이야기를 바탕으로 정리했음을 밝힌다.

가옥 내 별거를 한 후 남편은 생활비나 양육비를 한 푼도 내놓지 않았다고 한다. 그리고 1992년, 회사를 경영하던 아내는 은행의 권유로 집 근처에 토지를 구입했다. 일본의 거품 경제가 무너지기는 했지만 아직 토지 가격이 그렇게 하락하던 때는 아니어서 은행에서 10억 원 가까이 대출을 받을 수 있었다.

그런데 생각해 보니 자기가 죽은 후에 상속이 발생하면 남편에게도 재산의 절반을 물려받을 상속권이 생기지 않는가. 하루라도 빨리 이혼을 해야 했다. 그렇지 않으면 아이들에게 돌아갈 몫이 절반으로 줄어들 상황이었다. 장남의 아내는 드디어 이혼할 때가 왔다며 재판을 신청했다.

이렇게 '이혼 청구 소송'이 시작됐다.

2세대 주택을 둘러싼 다양한 권리 관계

이혼 소송에서 문제로 떠오른 것은 명의였다. 이대로 이혼을 했다가는 자신들의 집에 타인의 명의로 된 등기가 남게 된다.

조정 중에 남편은 집을 내주는 대신 5억 원의 위자료를 지불하라고 요청했다. 물론 조정은 성립되지 못했다. 그러자 시아버지가 즉시 '구분 소유권 매도 청구 소송'(대지 사용권이 없는 구분 소유자가 있을 때 그 전유 부분의 철거를 요구할 권리가 있는 자는 그 구분 소유자에 대해 구분 소유권을 시가로 매도할 것을 청구할 수 있다)을 신청했다. 즉, 며느리의 등기 부분을 팔아넘기라는 것이다. 매도 금액은 8천만 원이었다. 이혼 청구 소송과 동시에 재판이 벌어졌고, 팔아넘기지 않는 한 이혼을 인정할 수 없다는 판결이 나왔다.

내가 직접 관여한 사건이 아니라서 뭐라고 말하기는 어렵지만 한 사건을 둘로 나누어 각각 재판을 받게 한 것은 변호사의 실수다.

며느리가 나를 찾아와 상담을 한 것은 이미 재판이 끝나 화해 금액을 두고 옥신각신하던 때였다. 물론 나는 상담만 했을 뿐 변호는 맡지 않았다. 그 후 며느리는 부동산 감정사에게 금액의 정합성에 대해 감정을 부탁했고, 그 의견서를 법원에 제출했다. 의견서에 적힌 '의견 가격'은 1억 6천 5백만 원이었다. 당시 며느리가 원하던 액수는 1억 5천만 원이었다.

"의견서는 토지 사용권의 존재를 전제로 합니다. 사용권이 인정되지 않으면 법원에서 고정 자산세(일본 지방세의 하나로, 토지, 가옥 따위의 고정 자산을 과세 대상으로 하는 명목상의 재산세이다) 평가액 정도로 판결을 내릴 수 있습니다."

변호사의 보고서에 적힌 내용이다. 고정 자산세 평가액은 1천 8백 7십만 원 정도였다.

시아버지는 재판의 초점을 '사용권'에 두었다. '아이들에게 토지를 사용하게 했을 뿐이지 돈을 받고 빌려주지 않았다. 게다가 며느리는 집을 나간 지 3년이나 됐고, 다른 곳에 새로 집도 지었으니 사용 목적은 이미 종료됐다'고 주장했다.

하지만 며느리는 재판이 시작되자마자 시아버지를 끌어들인 남편의 압력으로 살던 집에서 강제로 쫓겨나야 했다고 주장했다.

여러 번 재판한 끝에 화해금은 1억 1천만 원이 됐다.

두 재판이 동시에 진행된 까닭

재판을 할 때 해결 방법은 단 한 가지가 아니다. 또한 어떤 결과가 나올지 예상할 수 없을 때도 많다.

그런데 며느리의 이야기 중에 도저히 이해할 수 없는 부분이 있었다. 바로 변호사의 보고서 부분이다. 재판할 당시 이미 8천만 원부터 시작했는데 어떻게 약 2천만 원까지 액수가 내려갈 수 있단 말인가. 며느리가 변호사를 해임하고자 한 것도 무리가 아니었다.

어쨌든 며느리는 화해금을 받기 전에 국세청 직원의 설명을 참고했다. 설명에 따르면 토지에 대해 아무런 권리가 없으면 건물의 장부 가격(장부에 기록된 자산, 부채, 자본 따위의 가격)은 취득 가격에서 감가상각 가격을 빼고 산출할 수 있다고 한다. 며느리가 계산해 보니 7~8천만 원이 타당한 금액이었다. 건물의 감정 가격도 7천 5백만 원이었다. 그러므로 화해금 1억 1천만 원은 그리 불합리한 금액이 아니었다.

같은 액수라도 이혼 재판 중에 위자료로 지급받으면 세금이 붙지 않는다. 그러나 매매를 하면 양도 소득세가 붙는다. 며느리는 어떻게든 이혼 재판을 하는 도중에 화해금을 위자료로 지급받고 싶어했다.

그러나 시아버지가 이를 반대했다. 무직에 수입도 없는 아들이 이혼 위자료를 지급하면 부모가 그 금액을 증여한 꼴이 되므로 증여세를 물어야 한다. 부모가 연대 보증을 선다고 해도 아들이 수입이 없으니 어차피 아버지가 위자료를 내야 한다. 따라서 시아버지는 매도 재판을 선택할 수밖에 없었다.

이혼은 성립됐다. '타인이 된 후에 구분 건물도 팔아넘겼다. 그러나 얄궂게도 이 두 사람은 불과 5백 미터밖에 떨어지지 않은 한 동네에서 산다.

부모 자식 사이가 뒤엉킬 때처럼
애를 먹을 때도 없다

· 2세대 주택에 모여 살려면
각오를 해야 한다

2세대 주택에 모여 살려면 각오를 해야 한다

2세대든 3세대든 온 가족이 끝까지 사이좋게 지낼 수
있다면 그처럼 좋은 일도 없다. 그러나 일단 부모 자식 사이가
갈등으로 뒤엉키기 시작하면 남보다 못한 사이로 발전하기 십
상이다.

서로 멀리 떨어져서 살면 갈등이 좀 빚어져도 웬만큼 참고
지낼 수 있다. 그러나 한지붕 아래에서 그런 일이 일어나면 결

과는 십중팔구 비참하다. 살인 사건이나 상해 사건이 일어나지 말라는 법도 없다. 실제로 고부 간에 갈등이 깊은 시어머니가 며느리를 살해한 적이 있는데, 당시 그 장면을 본 아들은 말리려고도 하지 않았다 한다.

시어머니가 며느리를 학대하는 일은 예로부터 일일이 셀 수 없을 정도로 많다. 최근에는 반대로 며느리가 시어머니를 학대한 사건이 여성 잡지에 크게 실리기도 한다. 고부 간의 갈등은 어제오늘 일이 아니다. 그러므로 2세대, 3세대 주택에서 함께 살 때는 부모와 자식 사이에 권리 관계를 확실하게 정해두어야 한다.

권리 관계보다 더 중요한 일은 서로 갈등이 빚어졌을 때 자식이 자신의 권리를 고집하지 말아야 한다는 것이다. 고집하면 반드시 문제가 일어난다. 그냥 참고 살기가 싫다면 각자의 권리에 상응하는 돈으로 어떻게든 해결을 보아야 한다. 어쩌면 그 편이 즐겁게 살아가는 데 훨씬 도움이 될 것이다.

부모가 자식 내외를 데리고 한 건물에서 살고 싶어하는 마음은 충분히 이해한다. 만약 자식들이 이런 부모 마음을 이해하고, 부모 뜻대로 함께 모여 살기로 작정했다면 그저 같이 산다는 데만 의의를 두어야 한다. 그 이상의 바람이나 권리는 버려라. 또한 부모의 노후를 잘 보살필 각오가 아직 없다면 아무리 부모가 바란다고 해도 2세대, 3세대 주택은 피해야 한다.

서로 다른 삶의 방식이 원인

- T가 남긴 이상한 유언
- 왜 장남을 뺐을까?
- 상속 폐제가 성립하기 위한 조건
- 아버지가 처음으로 장남의 생각을 인정한 날

T가 남긴 이상한 유언

지금으로부터 1년 전에 한 유명한 문화인인 T가 93세로 사망했다. 원인은 노화였다. T가 병상에 누워 지낸 기간은 약 2주였는데, 사망하기 두 시간 전까지도 농담을 하는 등 의식이 분명했다고 한다.

T의 유산은 주로 자택과 그 토지였다. 은행 예금이나 주식과 같은 금융 자산도 이렇다 할 큰 액수가 아니었고, 그 밖에

남긴 재산은 저작권 따위였다. 주택은 도심지 한가운데에 있었다. 부지가 130평이나 되었기 때문에 주변에서도 쉽게 눈에 띄는 저택이었다. 아내는 이미 사망했고, 법정 상속인은 아들과 딸이 전부였다.

나는 T가 사망하기 전에 T의 의뢰로 유언장을 작성했는데 T는 유언장 첫머리에 이렇게 적었다.

"유언자(T 자신)는 이러이러한 아들 Y에게는 한 푼의 재산도 물려주지 않겠다."

'이러이러한'에 대해서는 뒤에서 다시 이야기하기로 하자.

T가 아들인 Y에게 한 푼의 재산도 남기지 않는다고 했기 때문에 모든 재산은 딸 U가 상속받게 되었다.

왜 장남을 뺐을까?

T의 아들 Y는 현재 59세로 키가 큰 신사다. T의 아들이라고 생각할 수 없을 정도로 성격이 호방한 데다가 가끔씩 욕설을 내뱉는 T와 대조적으로 매우 조용하고 학구적인 분위기를 풍기는 사람이다.

그러나 생활의 활력을 느낄 수 있는 검게 탄 피부, 도심의 직장인은 비교도 할 수 없는 거칠고 울툭불툭한 손과 근육질 몸은 Y가 육체 노동에 종사한다는 사실을 암시했다.

Y는 농업으로 먹고사는 'G' 라는 생활 단체의 회원이다. Y는 이 단체에서 단체의 사상과 이념을 연구하고 회원들의 교육을 담당한다.

Y가 아내와 두 아이를 데리고 이 단체에 들어간 것은 1992년의 일이다. 단체에 들어가기 전날 밤, Y는 그제야 아버지에게 집을 판 돈 수억 원을 들고 'G' 에 가입하러 간다고 이야기를 꺼냈다. T에게는 그야말로 청천벽력이었다. 이미 모든 절차를 밟은 후여서 반대를 할 수도 없었고, 너무 기가 막혀 말도 잘 나오지 않았다.

"그놈이 그렇게 중대한 일을 나한테 한마디 상의도 없이 결정하다니! 장남이면서 그놈이 나한테 어떻게 그럴 수 있어!"

T의 분노는 하늘을 찌를 듯했다. U는 당시 노발대발하던 아버지의 모습을 보며 아들에게 배신당한 아버지의 슬픔을 느꼈다고 한다.

그러나 T가 아들에게 돈 한 푼 남기지 않은 이유는 이 때문이 아니었다. 아들이 가입한 'G' 단체의 사상에 전혀 공감할 수 없던 T는 자신의 재산이 단체를 위해 쓰일까 내심 걱정했다.

그래서 T는 유언장에 다음과 같은 글을 적었다.

"아들 Y가 유언자의 유산을 'G' 단체에 기부할 목적으로 유류분 청구권을 행사한다면 유언자는 유산이 'G' 단체에 쓰이는 것을 인정하지 않으므로 아들 Y를 법정 상속인에서 폐제(廢除 : 일정한 법정 원인이 있는 때에 피상속인(被相續人)의 요구에 의하여 상속인의 자격을 박탈하는 제도)한다."

유언의 내용은 유언자의 자유다. 그러나 형제자매 이외의 법정 상속인(배우자, 자녀, 부모)은 유언의 내용과 상관없이 최소한의 유산을 상속받을 권리, 곧 유류분을 법률로 보장받는다. 아들의 법정 상속분이 전체 상속 재산의 2분의 1이므로, 만약 T의 상속에 대해 Y가 유류분 청구를 하면 상속 재산의 4분의 1을 갖게 된다.

상속 폐제가 성립하기 위한 조건

모든 사람이 상속인이 되지는 않는다. 민법에서는 상속인이 되지 못하는 이유를 상속인 결격 사유로 지정해 두었다. 예컨대 상속을 독점하려는 자, 상속에서 유리한 위치를 차지하려고 범죄를 저지르는 자 등이 있다. 이러한 결격 사유에 해당하는 상속인은 자동적으로 상속 자격을 박탈당한다.

그러나 결격 사유가 없어도 '아무리 생각해도 저 법정 상속인에게만큼은 재산을 물려주고 싶지 않다'라고 생각할 수 있다. 이러한 경우에는 '상속 폐제'라는 방법을 쓴다.

상속 폐제란 그 상속인의 상속 권리를 박탈하는 것이다. 이를 위해서는 먼저 피상속인이 가정 재판소에 상속 폐제를 신청하고, 판결이 떨어지면 호적에 기재한다.

상속 폐제 신청 방법은 두 가지다.

1. *생전에 가정 재판소에 '추정 상속인 폐제 신청'을 한다.*
2. *유언(장)에 상속인 폐제를 밝힌다.*

T처럼 유언에서 뜻을 밝혔을 때는 유언 집행인이 가정 재판소에 신청을 한다. 폐제 조건은 다음과 같다.

1. *피상속인을 학대했을 때.*
2. *피상속인을 심하게 모욕했을 때.*
3. *기타 눈에 띄는 나쁜 행동을 했을 때.*

T는 아들의 행동, 즉 'G' 단체에 기부하기 위해 유류분 청구를 하는 행동이 위에 나열한 항목 중 어떤 항목에 해당된다

고 생각했을까?

아버지가 처음으로 장남의 생각을 인정한 날

　　　T는 몸져 누운 지 2주일 만에 마치 촛불이 꺼지듯 조용히 숨을 거두었다. 숨지기 며칠 전부터 자신의 수명이 다했음을 알아챘는지 글도 쓰지 않고 밥도 입에 대지 않았다. 그 모습에서 딸 U는 아버지의 임종이 멀지 않았음을 감지했다고 한다. U는 오빠 Y를 집으로 불렀다.

　Y는 'G' 단체에 들어가기 전까진 아버지와 정면으로 부딪친 적이 없었다. 다만, U만큼은 두 사람의 인생관이 다르다는 사실을 어렴풋이 느꼈다. 그 차이가 구체적으로 드러난 것은 Y가 직업을 선택하던 때였다.

　"아버지는 오빠에게 '너도 나처럼 연구자가 되어라'라고 무언의 압력을 가하셨어요. 하지만 오빠는 대학원을 졸업했을 때 학교에 남는 길을 선택하지 않았죠. 그때 아버지는 내심 씁쓸하셨을 거예요. 어쩌면 오빠가 당신에게 반항한다고 생각하셨는지도 몰라요."

　Y는 전후 베이비 붐 세대로 1970년대에는 미국과 일본의

안보 조약을 반대하는 대규모 학생 운동에 휘말리기도 했다. 당시 대학생들은 아버지 세대를 비판하고 가정 내에서 아버지와 대립하기 일쑤였다. T가 유명인인 만큼 T의 집안도 그리 편하지는 않았을 것이다. 그러나 Y와 T는 서로 자신의 생각을 드러내 놓고 싸움을 한 적은 없었다. 그러다 Y가 'G' 단체에 들어갔고, 이는 곧 아버지와의 결별을 뜻했다.

U는 아버지와 오빠가 다시 화목하게 지내기를 바랐다. 그런 U의 바람이 아버지에게 닿았는지 침상에서 아들과 딸을 불러 모은 T는 이렇게 말했다.

"아들아, 이제 와서 하는 말이지만 나도 네 삶을 이해하기로 했단다. 하고 싶은 일은 끝까지 최선을 다해 꼭 이루어라."

아버지는 죽음을 눈앞에 두고 처음으로 아들에게 응원을 보냈다.

베푸는 기쁨

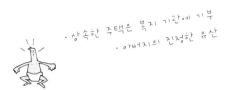

· 상속한 주택은 복지 기관에 기부
· 아버지의 진정한 유산

상속한 주택은 복지 기관에 기부

T가 사망한 후 유언에 따라 모든 유산을 U가 상속받았다. 아버지가 자신에게 한 푼도 남기지 않았다는 사실을 Y는 담담하게 받아들였다. 정말 그 아버지의 그 아들이었다. U도 그런 오빠의 태도에 존경을 보냈다.

그러나 Y의 입에서 'G' 단체의 복잡한 사상을 엿볼 수 있는 말이 흘러나왔다.

"'G' 단체는 지금 경영 위기에 빠져 있습니다. 상속을 받았으면 꽤 도움이 됐을 겁니다. 만약 단체가 전성기를 구가하던 때였다면 저를 대신해서 유류분 청구권을 행사했을지도 모릅니다."

동생 U가 오빠를 생각하는 마음은 참으로 따뜻했다. 만약 오빠가 'G' 단체를 탈퇴하고 토지 분할을 원한다면 그 요구를 들어줄 생각이었다고 한다. U는 그야말로 '이타(利他)'라는 말이 잘 어울리는 사람이다. 이타란 자신을 희생해서 타인에게 이익을 안겨준다는 뜻이며, 자기 생각만 하는 '이기(利己)'의 반대말이다.

현재 U는 아버지가 남겨주신 130평짜리 저택에서 딸과 함께 산다. U는 도심지에서 그렇게 넓은 집에 단둘이서 산다는 것이 부끄럽다고 했다. 주택 문제로 어려움을 겪는 사람도 많은데 아무리 아버지가 남겨주신 집이라고 해도 둘이 살기에는 너무 넓다는 것이다.

마침내 U는 자신이 물려받은 집을 복지 기관에 기부하기로 마음먹었다. 이는 그녀의 직업과 무관하지 않다. U는 현재 정신지체 장애인을 위한 사회 복귀 시설에서 일하고 있다.

아버지의 진정한 유산

본래 U가 사는 지역은 도심에서도 복지 제도가 잘된 곳으로 손꼽힌다. 그러나 최근 지역 정책의 변화와 경제 불황으로 매년 복지 정책이 후퇴하는 실정이다.

　　이때 가장 타격을 많이 받는 사람은 정신 지체 장애인이다. 같은 장애인이라도 신체 장애인을 바라보는 시선은 그나마 고운 편이다. 그러나 정신 지체 장애인들은 이해를 받기는커녕 외면당하기 일쑤다. 부모에게서 버려지기도 하고 사회에서 격리되기도 한다. 또한 사회 복귀 시설에서 열심히 배우고 치료를 받는다고 해도 행정상 지원이 줄어들어 일자리를 찾기가 매우 어렵다.

　　무엇보다도 정신 지체 장애인들이 사회로 진출하지 못하는 이유는 마땅한 생활 공간을 찾을 수 없기 때문이다. 아파트를 빌리고 싶어도 정신 분열증이나 인격 장해를 앓고 있다는 사실이 알려지면 거절당하기 일쑤다. 사실 정신 지체 장애인 중에서 범죄를 일으키는 사람은 극소수다. 그러나 범죄율이 낮다고 해도 편견의 벽을 허물기에는 역부족이다.

　　U는 그렇다면 자기가 나서야겠다고 마음을 먹었다. 살아가면서 어려운 일이 닥치면 함께 해결해야 한다, 서로가 서로에게 손을 내밀어야 한다는 것이 평소 U의 지론이었다. 누구든 더 가지려고 하기 때문에 근심과 걱정에 휩싸인다.

　　U는 무소유의 기쁨을 누구보다도 잘 알고 있었다. 현재 U는 130평짜리 토지를 어떻게 하면 효율적으로 활용할 수 있는지

에 대해 계획을 짜고 있다.

T가 사망한 지 1년여의 시간이 흘렀다. T는 예전에 '나라에서 표창을 받을 정도의 일을 한 적이 없습니다'라며 훈장을 거부한 적이 있다. 또한 재산을 축적하거나 돈에 얽매이지도 않았다. 권력과 권세에 저항하던 T의 기개가 그대로 자식에게 대물림됐다. 이보다 가치있는 유산은 없을 것이다. 이제 U는 아버지가 남긴 130평짜리 집을 사회에 내놓으려고 한다. 이는 누구보다도 T가 바라던 삶이었을 것이다.

T처럼 유언장에 그 내용을 자세하게 써놓지 않아도 자녀들이 스스로 사회에 봉사하며 살아간다면, 또한 그것을 부모에게서 배웠다면 이 세상에 이보다 더 이상적인 유산은 없을 것이다.

며느리와 형제 간의 이기심

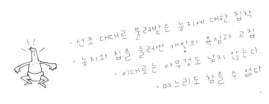

- 선조 대대로 물려받은 농지에 대한 집착
- 농지와 집을 둘러싼 개인의 욕심과 고집
- 이대로는 아무것도 남지 않는다
- 며느리도 참을 수 없다

선조 대대로 물려받은 농지에 대한 집착

일본의 오사카 부 교외에서 에도 시대(江戸時代 : 1603년~1867년)부터 유명한 지주 집안인 K집안은 1만 평방킬로미터나 되는 농지를 문자 그대로 사수(死守)해 왔다.

사수라는 말이 좀 과장되게 들리겠지만 사수라는 말 이외에는 K집안에 적합한 말이 없다. 에도 시대부터 대대로 농업에 종사한 K집안이 토지를 생각하는 마음과 일반 서민이 토지를 생각하는 마음은 크게 다르다. 농업에 종사하는 사람에게 토지는 생활의 기반 그 자체이기 때문이다. 그래서 농가에서는 '몇 대 손인 누가 토지를 팔았다'라 지적받는 것을 무척이나 두려워한다.

단순히 비난을 받아서가 아니다. 농촌에는 한 마을에 한 집안이 옹기종기 모여 사는 곳이 많은데, 이런 곳에서 대물림으로 내려온 토지를 팔았다가는 온 동네 사람들의 따돌림을 각오해야 한다. 게다가 토지를 파는 일은 당주의 무능함을 뜻하기도 한다. 토지를 팔아넘기는 순간, 무능함을 들어내는 그 순간에 당주는 조상을 뵐 면목이 없는 못난 놈으로 전락한다.

일본어에 바보나 천치를 뜻하는 '타와케모노'라는 말이 있다. 이 말의 어원은 농지를 나누어 가진 사람이나 농지를 판 사람이라 한다. 농경 사회인 일본에서 농지를 지키는 일이 얼마나 중요했는지 쉽게 짐작할 수 있을 것이다.

농지와 집을 둘러싼 개인의 욕심과 고집

1998년, K집안의 당주가 사망하면서 상속 문제가 발생했다. 며느리와 손자들, 당주의 아내, 당주의 세 동생들의 분쟁이 시작됐다. 생활의 기반인 토지와 집을 둘러싸고 각 개인의 욕심이 분출되기 시작한 것이다.

당사자들은 '타와케모노'가 되고 싶지 않았겠지만, 계속해서 부딪치는 그들의 이기심과 집착을 보고 있노라면 '타와케모노'라는 말 이외는 달리 떠올릴 말이 없을 정도였다.

K집안의 당주 Y는 아버지인 T가 사망한 후 1만 평방킬로미터에 달하는 부동산을 상속받았다. 당시 동생들은 중학생이나 초등학생이었다. 농업을 잇기 위해서는 집과 대부분의 농지를 Y가 물려받고, 분가(分家)의 부지나 그 밖에 남는 재산을 동생들이 물려받아야 했다.

또한 K집안은 K의 할아버지가 사망하고 난 후에 T와 그의 여덟 형제가 상속을 둘러싸고 분쟁을 일으킨 적이 있었다. K의 어머니 S는 또다시 분쟁을 겪고 싶지 않아 당시 미성년자인 Y에게 특별 대리인을 세워 유산 분할을 실시했다. 그리고 S 자신은 아무런 재산도 물려받지 않았다. 이 집안의 모든 권리는 장남이 물려받아야 한다, 나는 아무것도 필요없다는 것이 당시 S의 생각이었다.

Y의 세 동생은 각각 토지 150평을 상속받았다. 상속 당시 중학생이나 초등학생인 동생들은 형의 상속분에 대해 아무런 관심이 없었다. 아니, 나이가 어렸기 때문에 관심이 없을 수밖에 없었다. 문제가 발생한 것은 형제들이 성인이 되고 Y가 중풍으로 쓰러지고 난 후였다.

이대로는 아무것도 남지 않는다

Y는 시청에서 근무했다. 조상 대대로 이어온 토지를 바탕으로 건설업을 시작하여 아파트도 몇 동이나 세웠다. 차남은 그 회사에 들어가 중역이 됐다.

그런데 Y가 중풍으로 쓰러졌다. 지난날 담합한 일이 발각돼 내내 스트레스를 받았는데, 그것이 원인이었다. Y는 결국 중풍의 후유증으로 전신 마비를 일으켰고 재기 불능이 된 그는 회사에서 10억 원 정도의 보험금을 받게 되었다. Y는 필담으로 아내 M에게 보험금에서 동생들 퇴직금을 지불하고, 회사를 해산시키라고 지시했다.

이에 동생들이 강력하게 반발했다. 동생들은 형이 쓰러지고 난 후에야 자택 부지와 농지, 아파트를 포함한 모든 부동산이 형 Y의 소유로 되어 있고, 어머니인 S는 어떠한 재산도 소유하지 않았다는 사실을 알게 됐다.

'병상에 있는 형이 만에 하나 잘못되기라도 한다면 모든 재산이 형수와 조카에게 넘어간다. 사실 형수는 남이 아닌가? 동생인 우리야말로 조상 대대로 내려온 부동산을 물려받을 정당한 계승자다.'

이러한 생각이 분쟁을 가속화했다.

형제자매의 상속 순위는 세 번째다. 배우자와 자녀가 첫 번째이고, 직계 존속(양친, 조부모)이 두 번째다. 만약 두 번째 순위인 어머니 S에게 재산이 있다면 분쟁의 양상은 달라졌을지도 모른다. 그러나 S는 아무것도 없었다. 동생들은 형수인 M에게 모든 재산이 넘어가지 않도록 다양한 계획을 세우기 시작했다.

동생들은 먼저 건설 회사를 존속시키기로 했다. 회사를 경영하면서 부동산을 도로 뺏을 심산이었다. 가장 먼저 반기를 든 차남은 자신이 대표이사를 역임한다는 합의서를 만들어 병상에 있는 형을 찾아가 반강제적으로 동의하게 만들었다. 또한 회계사를 자르고 그 자리에 삼남과 친분이 있는 새 회계사를 앉혔다.

사실 동생들은 상속받은 150평 토지에 아파트나 고급 주택을 지어 세를 받았기 때문에 생활이 비교적 윤택한 편이었다. 차남은 형의 도움으로 음식점을 경영하기도 했다.

며느리도 참을 수 없다

1998년, Y가 사망했다. 형수에게 토지와 재산을 넘겨줄 수 없다는 생각으로 똘똘 뭉친 동생들은 본가에서 형수를 설득하거나 괴롭혔다. 본가에는 어머니 S, 형수 M, 장남의 자녀들, 그리고 독신인 사남이 함께 생활하고 있었다.

사남은 유산으로 물려받은 토지에 원룸 빌딩을 지어 한 실(室) 당 60만 원씩 세를 받았는데, 원룸의 개수는 모두 120실이었다. 이 액수만 해도 7천 2백만 원으로 생활하는 데 부족함이 없는 큰 돈이었다. 그러나 사남은 그 돈을 쓰지 않고, 지은 지 70년이나 된 본가의 어두운 구석방에서 지냈다. 배우자를 만날 상황도 아니었고 결혼하고 싶다는 생각도 없었다.

한편, 장남의 아내 M과 그 자녀들도 시동생들에게 재산을 양보할 생각이 없었다. M은 설령 자신이 욕심을 부리는 것이라 해도 시동생들에게만큼은 집과 토지를 넘겨주고 싶지 않다고 강경한 태도를 취했다.

본래 M은 상속 문제가 일어나기 전부터 시동생들과 사이가 좋지 않았다. 게다가 K집안의 며느리로서 언제나 희생을 강요당한 지난날의 원한이 상속 문제를 계기로 밖으로 터져 나온 것이다. '내가 그동안 어떻게 살아왔는데, 유산만큼은 절대 양보할 수 없어'라는 생각도 했을 것이다. 그러나 원한은 사태를 원만하게 해결하는 데 걸림돌이 될 뿐이다.

집과 토지에 대한 생각은 달라질 수 있다

• 의무감이 문제를 해결해 주지는 않는다
• 부모의 고집은 자녀의 삶을 바꾸어놓을 수 있다
• 집이란 무엇인가
• 집착을 버리면 길이 열린다

의무감이 문제를 해결해 주지는 않는다

본래 전통적인 가부장제에서는 아버지에서 아들로 이어지는 핏줄을 아내보다 더 우선시한다. 그러나 전후 민법에서는 이러한 가부장제에서 벗어나 배우자의 상속 권리를 무엇보다도 우선시한다. K집안의 상속 분쟁에는 이 전전(戰前) 가부장제와 전후 새로운 의식이 교묘하게 뒤섞여 있었다.

M은 거동이 불편한 고령의 시어머니 S를 모시고 살았다. 그

러나 M과 S의 사이는 그리 좋지 않았다. S는 항상 며느리에 대한 불만을 아들들이나 그 가족에게 털어놓았다. 그렇다면 M은 어떠했을까? 사이가 좋지 않은 시어머니를 모시고 사는 일이 마냥 즐겁지만은 않았을 테고, 때로는 자유를 되찾고 싶기도 했을 것이다.

그러나 M은 자신의 바람보다 '며느리로서 해야 할 의무'를 더 앞세웠다. 아무리 사이가 좋지 않아도 며느리로서 시어머니를 내팽개쳤다는 손가락질만큼은 받고 싶지 않았다. 남편도 사망했으니 얼마간의 유산을 물려받고 그 의무감에서 해방될 수도 있었다. 그러나 M은 그 길을 선택하지 않았다. 그동안 희생하며 살아온 날들이 원망스러워도, 자유를 갈구하는 마음이 아무리 커도, 며느리로서의 의무감을 버릴 수는 없었다. 또한 유산으로 어디서 어떻게 살아야 할지도 몰랐다.

시동생들에 대한 M의 강경한 태도는 어쩌면 M 자신의 의무감에서 비롯되었는지도 모른다. 시동생들 역시 자기 나름의 의무감이 있었을 것이다. 그러나 의무감이 모든 문제를 해결해 주지는 않는다.

부모의 고집은 자녀의 삶을 바꾸어놓을 수 있다

도시에서 사는 여성과 달리, 농가를 지키는 여성은 모

든 일에서 순종과 인내를 강요당한다. 아니, 그렇게 하는 것이 당연한 일처럼 되어 있다. 또 그렇게 해야 농가의 며느리로서 자기 역할을 제대로 완수할 수 있다.

M은 상속 문제로 대립한 상대방과 한지붕 아래에서 함께 살았다. 상식적으로 보면 이해할 수 없는 상황이다. 아마 대부분의 사람들은 이런 환경 속에서 단 하루도 생활하고 싶지 않을 것이다.

그러나 처음부터 그런 환경 속에서 살다 보면 무엇이 이상한지 느끼지 못하게 된다. 타인이 생각하는 것처럼 불행하지도 않고, 괴롭지도 않다. 설령 엄청난 스트레스를 받아도 그것이 늘 반복되면 감각은 마비되고 마는 것이다.

도대체 M은 왜 그렇게 고집을 피웠을까? 집과 토지를 지키기 위해서였을까? 아니면 농가의 며느리란 자리에 애착이 있어서였을까?

이유야 어떻든 간에 나는 M을 설득하기 시작했다. 시동생들과 분쟁을 계속해 봐야 아무런 이익이 없다. 진정한 자유를 찾고 싶다면 자신을 속박하는 일부터 그만두어야 한다고 몇 번이고 반복해서 말했다.

내가 무엇보다도 걱정한 일은 M의 자녀들이었다. 형은 30세, 동생은 20대 후반이었는데, 이들은 지금 다니는 직장을 관두고 세를 받으며 살고 싶다고 했다. 아버지의 재산만 믿고 자신의 미래와 가능성을 포기하다니… 이보다 더 큰 손해가 어디 있는

가. M이 계속 고집을 피우는 한, 두 자녀 모두 토지와 집에 얽매여 자신들의 삶을 잃게 될 것이 뻔했다.

집이란 무엇인가

M에게 집은 무엇이었을까? 결혼해서 살기 시작한 '집안', 희생하고 순종해 온 '시댁', 그 모든 의미가 다 담겨 있을 것이다. 그러나 M이 집을 생각하는 마음은 단순한 집착, 그 이상도 그 이하도 아니다.

M과 그 자녀들은 이 분쟁에서 반드시 승리해야 한다며 정식으로 내게 의뢰를 해왔다. 그러나 나는 받아들이지 않았다. 그 시점에서 내가 그들에게 해줄 수 있는 일은 재산에 얽매이지 말고 자신의 삶을 살아가라는 충고뿐이었다.

전후 법률은 가부장제를 인정하지 않는다. 그러나 본래 선조 대대로 이어온 논과 밭은 정당한 계승자가 이어나가야 한다. 따라서 M은 그 집에서 태어나고 자란 시동생들에게 농지와 집을 돌려주어야 한다. 아무리 그동안 시댁에서 희생하며 살았다고 해도 그 토지에 이어져 내려오는 피는 M의 것이 아니다.

또한 사이가 좋지 않은 시어머니, 만나면 으르렁거리기만 하는 시동생과 한 집에서 사는 것부터가 잘못이다. 그런 생활에서 얻을 수 있는 것은 극심한 스트레스뿐이다. M은 물론이고 M이 사랑하는 자녀들이 그런 스트레스를 받으며 살 이유가 어디에 있는가.

내가 아닌 다른 변호사를 고용해서 소송을 걸고 승소했다고 해보자. 잠시 동안은 승리의 기쁨을 누리겠지만, 언젠가는 그 승리가 잘못된 것임을 알게 되고 집을 잃는 순간이 찾아온다. 그것이 이 세상의 이치이다.

시동생들이 태어난 집은 시동생들에게 돌려주어야 한다. M은 자녀들과 함께 일부 부동산을 처분하여 멀리 떨어진 곳에서 새로운 삶을 개척해야 한다. 무엇보다도 집에 대한 집착에서 벗어나 자유로운 새 삶을 추구해야 한다.

집착을 버리면 길이 열린다

단 한 번뿐인 인생을 재산에 얽매이며 살지 않았으면 좋겠다. 그런 삶은 너무도 허무하다. 재산은 남기기 위해서 존재하는 것이 아니다. 재산의 진정한 가치는 삶을 더욱 풍요롭게 하는 데 있다.

유산에 얽매이는 순간, 자유는 사라진다. 나는 M과 M의 자녀들이 자유를 되찾아 과감하게 자신의 인생을 살아가기를 진심으로 바랐다. 또한 부모가 남긴 재산은 잊고 용기를 내서 자신의 인생을 선택하기를… 또 돈은 내가 벌면 된다, 나도 재산을 모을 수 있다는 자신감을 갖기를 바랐다. 만약 그들이 이런 내 생각을 이해하고 받아들였다면 나는 기꺼이 그들의 의뢰를 받아들였을 것이다. 또한 시동생들이 행복해질 수 있도록 최선을 다해 도왔을 것이다.

M뿐만이 아니다. 집이라는 재산에 얽매여 새장에 갇힌 새처럼 살아가는 사람이 있다면, 하루라도 빨리 날개를 펴고 창공으로 날아올라야 한다. 날아오르기 위해서는 용기를 내야 한다. 불안함을 떨쳐 버려야 한다. 잠시뿐인 그 불안함 뒤에는 자유가 기다리고 있기 때문이다.

성서를 보면 하늘을 나는 작은 새든 들에 피는 작은 꽃이든 모두 그에 맞는 삶이 준비돼 있다는 내용이 나온다. 하물며 인간은 어떻겠는가? 집착을 버리고 자신의 길을 가야 하지 않겠는가? 쓸데없는 집착과 고집으로 자신의 삶을 포기하는 일이 없기를 바란다.

5장 마지막까지 자신의 힘으로
살기 위해 해두어야 할 일

우리는 이미 사회에 공헌하고 있다

· 재산을 어떻게 쓸 것인가
· 자기를 위하는 길이 곧 사회를 위하는 길
· 자신의 가치관에 맞게 살면 된다

재산을 어떻게 쓸 것인가

자기가 모은 재산은 자기가 다 쓰고 죽는 것, 이것이 가장 이상적인 삶이다. 과감한 도전을 하고 인생을 마음껏 즐겨라. 아무것도 남길 필요가 없다. 남는 것은 오직 문화뿐이다.

일본인의 개인 자산을 모두 합한 금액은 1천 2백조 원이라 한다. 그런데 그 금액의 약 70퍼센트를 보유한 사람은 65세 이

상의 고령자들이다. 돈을 쓰지도 않고 쓸 줄도 모르는 사람들이 가장 많이 가진 셈이다. 이 자산을 좀 더 젊은 세대, 돈을 쓸 수 있는 세대로 이동시킨다면 어떨까? 아마도 이 사회가 더욱 활발하게 돌아갈 것이다.

이 사회의 발전에 이바지하려면 자산을 어떻게 써야 할까? 사실 이 부분이 가장 어렵다. 아마 대부분의 사람들은 복지 단체에 기부하거나 기아와 빈곤에 허덕이는 다른 나라에 원조를 보내는 방법을 떠올릴 것이다. 물론 이것도 재산을 올바르게 쓰는 방법 중 하나이다. 그러나 이런 거창한 방법은 자신이 정말로 누군가를 도왔다는 실감이 나지 않는다. 어차피 누군가를 도울 생각이라면 자기가 살고 있는 지역이나 자치 단체에 기부하고, 그 결과를 눈으로 확인하는 편이 훨씬 낫다.

자기를 위하는 길이 곧 사회를 위하는 길

야마우라 구니오 세무사는 상속 사건을 해결할 때마다 재산의 10퍼센트를 지방 자치 단체에 기부하지 않겠냐고 상속자에게 제안을 한다. 그러나 그 제안을 받아들인 사람은 지금껏 단 한 사람도 없었다. 그들은 대부분 사회를 위해 기부하는 일을 달가워하지 않는 모양이다.

사실 어떤 면에서 보면 우리는 이미 사회에 대해 충분한 공헌을 해왔다고 할 수 있다.

 "천만에요. 저는 지금까지 제 자신만을 위해 일했고 그렇게 벌어들인 돈을 제 자신과 제 가족만을 위해 썼습니다. 사회에 대한 공헌이라뇨? 말도 안 돼요."

 이렇게 반박하는 사람이 있을지도 모르겠다. 그러나 오랫동안 일을 하고 돈을 벌었다는 말은 곧 그만큼 많은 세금을 냈다는 뜻이다. 노동의 대가로 받은 돈의 액수가 크면 클수록 납부한 세액도 크다.

 일본의 국세인 소득세, 지방세인 주민세, 토지, 가옥에 대한 고정 자산세를 냈고, 자동차를 소유한 사람은 자동차세도 냈다. 또한 생활 전반에 걸쳐 소비세도 지불했다. 어디 그뿐인가? 앞으로도 계속해서 소비세와 고정 자산세를 지불할 예정이다. 수입이 전혀 없어도 세금은 낸다. 체납하지 않고 꼬박꼬박 세금을 냈다면 그것만으로 충분히 사회에 공헌했다고 할 수 있다.

 힘들게 일할수록 보수가 올라가고 보수가 올라가면 세액도 올라간다. 가정을 돌볼 틈도 없이 열심히 일하면 할수록 그만큼 사회에 대한 공헌도도 올라간다. 따라서 열심히 일하는 것은 자신과 자기 가족을 위하는 길이기도 하지만, 곧 지역 사회와 국가를 위하는 길이기도 하다.

소비세 이외에는 세금을 지불할 의무가 없는 사람도 있고, 수입의 50퍼센트 이상을 납부하는 고액 납세자도 있다. 납세액에 따라 무슨 대우가 달라지지는 않는다. 고액 납세자라고 해서 잘 닦인 도로를 마음대로 쓰라는 법도 없고, 납세 면제자라고 해서 울퉁불퉁한 험한 길로 다니라는 법도 없다. 어떤 길이든 자기가 다니고 싶은 길로 가면 그뿐이다. 고액 납세자든 납세 면제자든 누릴 수 있는 권리는 똑같다.

이렇게 누리는 권리도 똑같은데 열심히 일하면 일한 만큼, 재산을 모으면 모은 만큼 살아 있을 때나 죽고 난 후에나 우리는 항상 세금이란 형태로 우리의 재산을 사회에 환원한다. 그러므로 일을 하고 세금을 지불하는 것만으로도 충분히 사회에 공헌한다고 보아야 한다.

자신의 가치관에 맞게 살면 된다

납세는 국민의 의무다. 그러나 세금을 내지 않는 사람이 있음을 염두에 두면 한 개인이 평생 납부한 세액은 국가나 지방 자치단체에 기부한 기부금이나 마찬가지다.

만약 이 돈이 성숙한 사회를 실현하는 데 확실하게 쓰인다면 납세자도 납세라는 행동을 매우 가치있게 여길 테고, 납세자인 자신을 자랑스럽게 생각할 것이다. 그러나 유감스럽게도 현실은 그렇지가 않다.

세금에 한해서만큼은 선택의 여지가 없다. 그 돈을 세금으로 내느냐 마느냐는 우리가 결정할 사항이 아니다. 비록 결정권은 없어도 우리는 꾸준히 세금을 통해 이 사회에 공헌하고 있다. 그러므로 세금을 내고 남은 돈으로 축적한 재산만큼은 자신의 의지대로, 가치관에 맞게 자신의 삶을 위해 써야 한다.

자녀의 꿈에 투자하라

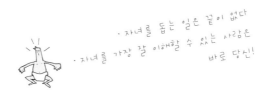

· 자녀를 돕는 일은 끝이 없다
· 자녀를 가장 잘 이해할 수 있는 사람은
바로 당신!

자녀를 돕는 일은 끝이 없다

어디에 써야 할지 모르는 자산이 있다면 일단 자신을 위해서 쓰도록 하자. 취미 생활이나 자신의 여가 활동을 위해 아낌없이 쓰자. 단, 쓸 수 있다면 말이다. 그러나 아낌없이 쓴다 해도 자신의 취미 생활에 투자하는 돈은 한정되어 있다.

취미 생활이 있든 없든 가장 마음 편하게 아낌없이 자산을 투자할 수 있는 대상은 역시 자녀와 후손이다. 재산은 저 세상으로 짊어지고 가지 못한다. 그렇다고 남겨봤자 분쟁만 일어난다. 누군가에게 유산으로 남기기보다는 혈연관계를 맺은 사람들이 능력을 꽃피울 수 있도록 도와주자. 그것만으로도 충분히 사회에 공헌했다고 말할 수 있기 때문이다.

부모는 자녀를 가르치는 데 돈을 아끼지 않는다. 그러나 자녀가 사회인이 되면 헌신적인 원조를 즉각 중단해야 한다. 중단하지 않으면 과보호라는 비난을 받아야 하고, 그 자녀도 무능력하다는 낙인이 찍힌다. 그래서 대부분의 사람들은 설령 자녀가 경제적으로 곤란을 겪어도 원조를 중단한 채 도와주지 않는다.

그러나 모든 자녀가 다달이 월급을 타는 직장인이 되는 것은 아니다. 그렇기 때문에 이 세상은 균형을 이룬다. 일이 즐거운 사람이 있는가 하면 즐겁게 살기 위해 일하는 사람도 있다. 그뿐만 아니라 타인의 즐거움에 기여하는 사람도 있다.

예술가나 운동 선수가 되려면 일정한 기술도 터득해야겠지만 운도 따라줘야 한다. 그렇지 않으면 재능을 꽃피우지도 못하고, 삶을 즐겁게 보낼 수도 없다. 이렇게 길이 험난한 데도 용기를 가지고 도전하는 사람이 있다. 우리는 이들의 후원자가 돼야 한다. 자녀가 경제적인 이유로 꿈을 단념하지 않도록 도와준다면 그 또한 큰 공헌이라 할 수 있다. 그 자녀가 무한한 가능성을 지녔다면 더욱 그렇다.

자녀를 가장 잘 이해할 수 있는 사람은 바로 당신!

　　역사상 유명한 예술가 뒤에는 항상 후원자가 있었다. 예술가는 후원자의 도움으로 안정된 생활을 누리며 오로지 예술에만 전념했다. 빈곤에 허덕이며 노동하는 데 시간을 써버렸다면 이들의 재능은 꽃을 피우지 못했을 것이다.

　온실 속에서 자라는 것이 꼭 나쁘지만은 않다. 온실 속에서 큰 꽃을 피우는 화초도 얼마든지 많고, 혹독한 환경에서 제대로 꽃 한 번 피우지 못하고 시들어가는 화초도 이루 헤아릴 수 없다.

　자신의 자녀가 자기 재능을 최대한 발휘할 수 있도록 적합한 환경을 만들어주는 일은 좀 과장되게 들리겠지만, 인류 발전에 크게 기여하는 일이나 다름없다. 물론 꼭 자신의 자녀가 아니어도 상관없다. 자신이 도와줄 수 있는 사람이면 누구든 좋다. 때에 따라서는 재능을 꽃피우지 못하고 실패를 맛보는 사람도 있을 것이다. 그러나 한 번 꿈을 위해 도전한 사람들은 설령 실패로 끝났어도 후회하지 않는다.

　그러므로 자녀에 대한 원조는 끝까지 계속돼야 한다. 자녀가 대학을 졸업했다고 부모의 의무가 끝나는 것은 아니다. 자녀가 능력을 꽃피울 때까지 부모는 계속해서 사랑과 응원을 보내야 한다.

자녀가 안정적인 생활을 버리고 위험천만한 길에 들어섰다면, 그 길에서 자신의 꿈을 위해 최선을 다한다면 부모는 아낌없는 성원을 보내야 한다. 자식에게 가장 좋은 조력자이자 후원자는 바로 부모인 당신이다.

자녀의 꿈 조율

• 부모와 자식 사이

• 아무것도 남기지 마라는 말의 진정한 뜻

부모와 자식 사이

자녀가 어리면 부모와 자녀 사이에 지배 관계가 성립
한다. 그러나 자녀가 자립할 나이가 되면 그때까지의 지배 관
계에 종지부를 찍고 새로운 관계를 맺어야 한다. 부모와 자녀
가 똑같이 동등하게 자신의 꿈과 목표를 위해 달려가는 것만
큼 큰 기쁨도 없다.

많은 사람들은 늙어서 자식 신세를 지고 싶지 않다고 말한

다. 그러나 사실은 '지고 싶지 않은' 것이 아니라 '질 수 없는' 것이라고 생각한다.

자녀가 사회인이 되면 부모는 자녀를 어른으로 인정해야 한다. 그때부터 자녀는 자기만의 길을 걷는다. 시간이 흐름에 따라 부모와 자녀 사이는 점점 멀어진다. 결국에는 자녀가 무엇을 생각하는지, 무슨 꿈이 있는지조차 모른다. 그러면 이때부터 자식에게 부모는 부모라는 이름의 타인일 수밖에 없다. 자녀가 부모와 타인처럼 살아가는 이상 자식에게 신세질 수 있는 부모는 많지 않다.

자녀도 마찬가지다. 오랫동안 부모와 떨어져 지낸 자녀는 새삼스럽게 부모의 생각을 이해하려 들지 않는다. 부모가 신세를 질 수 없다고 고집을 피우면 그럼 좋을 대로 하세요, 하고 같이 살기를 강요하지 않는다.

요즘 같은 시대에 어떻게 해서든지 부모를 모시려는 자녀는 드물다.

아무것도 남기지 마라는 말의 진정한 뜻

대부분의 부모는 자녀와 한 해에 몇 번밖에 만나지 않는 현실을 당연하게 받아들인다. 그렇게 살면서 노후만큼은 자녀가 돌봐주기를 기대하다니 어쩐지 뻔뻔하다는 생각이 든다. 늙어서 자식 신세를 지고 싶지 않다는 말이 나오는 것도 무리는 아니다.

그러나 만약 자녀가 사회인이 된 후에도 계속해서 자녀를 도와주고 지켜본다면 어떻게 될까? 새삼스럽게 신세를 지고 싶지 않다는 말을 꺼낼 필요도 없는 더욱 탄탄한 인관관계가 형성될 것이다.

어떤 사람은 연로한 부모를 적극적으로 모시려 하고, 어떤 사람은 아예 신경도 쓰지 않으려 한다. 왜 이런 차이가 날까? 가정교육 탓일까? 아니다. 부모가 노후를 맞이했을 때 자녀가 어떤 행동을 보이느냐는 부모와 자녀가 얼마나 많은 꿈을 공유했느냐에 달려 있다. 자녀의 자립과 부모의 지원은 별개 문제다.

임상 심리에 아이의 심리를 나타낸 재미있는 이야기가 있다. 갓난아기가 신이 나서 북을 두드릴 때 엄마가 '잘한다, 우리 아기 잘한다!' 하면서 손뼉을 두드린다고 해보자. 이때 아기의 신나는 기분과 엄마의 즐거운 마음, 북을 두드리는 시간과 손뼉을 치는 시간, 그리고 북을 치는 세기와 손뼉을 치는 세기가 똑같으면 아기는 정서적으로 매우 안정을 느낀다고 한다. 반면 엄마의 손뼉 치는 소리가 너무 크거나 박자가 맞지 않으면 아기는 안정감을 느끼지 못한다.

이와 마찬가지다. 자녀가 어떤 꿈을 이루기 위해 가슴 설레며 달려나간다면 부모도 같이 가슴 설레며 그 꿈을 바라볼 수 있어야 한다. 그렇게만 할 수 있다면 부모와 자녀 사이는 영원할 것이다.

그러나 그것은 결코 쉽지 않다. 성인이 돼서 재능을 꽃피우는 자녀를 부모가 계속해서 지원해 줄 수 있으려면 부모도 그에 맞는 노력을 해야 한다. 자녀와 함께 성장하고, 사회에 어느 정도 영향력을 끼칠 수 있어야만 자녀와 공감대를 형성할수 있는 것이다.

아무것도 남기지 말라는 말은 정말로 아무것도 남기지 말라는 뜻이 아니다. 남길 것은 남겨야 한다. 그렇다면 무엇을 남겨야 할까? 자녀의 마음에 자녀의 꿈을 남겨야 한다. 부모는 자녀가 꿈을 꿀 수 있도록 도와주고, 재능을 펼칠 수 있도록 지원해 주어야 한다. 또한 부모는 생전에 자신과 함께 성장해 온 꿈을 자녀나 그 밖에 다른 누군가에게 위탁할 줄 알아야 한다. 꿈을 남기는 일은 문화를 남기는 일이기도 하다.

꿈은 어느 누구도 빼앗아갈 수 없다. 꿈이야말로 한 사람이 자신의 삶을 통틀어서 남길 수 있는 최대의 유산이다.

어느 누구에게도 폐를 끼치지 않고 '그 순간'을 맞이하고 싶다

· 누구나 피해갈 수 없는 죽음
· 치매에 걸리고 난 후에는 늦다

누구나 피해갈 수 없는 죽음

인간은 누구나 늙고 죽는다. 열심히 꿈을 좇으며 풍요롭게 인생을 살았어도 노화와 죽음은 피할 수 없다. 노화와 죽음은 어느 누구에게나 평등하다.

노화와 죽음은 인간이 태어날 때부터 정해진 것이다. 그러므로 다가올 그 시간을 아무런 준비도 하지 않고 맞는다면 인간으로서 너무나 무책임하다고 할 수 있다. 지금은 건강해도 언젠가 우리 육체는 쇠약해진다. 그리고 영원히 움직일 수 없게 된다.

몸이 말을 듣지 않고 정신이 아득해지는, 죽음으로 가는 그 시간을 우리는 몇 분이든, 몇 시간이든, 며칠이든, 몇 년이든, 반드시 한 번은 겪는다. 이는 통과 의례다. 이 통과 의례를 마치는 그 순간 우리는 생을 마감한다.

사람들은 되도록 고통을 느끼지 않고 죽기를 바란다. 그래서인지 고통없이 죽는 방법이 무슨 유행처럼 번지고 있다. 그 마음은 이해하지만 그 바람대로 되기는 어렵다. 동쪽에서 뜬 해는 반드시 서쪽으로 진다. 죽음이 인간의 숙명이라면 우리는 어둠이 내려앉은 어두컴컴한 그 순간을 반드시 거칠 것이다. 가능하면 그 시간이 짧았으면 좋겠지만 누구나 소원 성취를 하는 것은 아니다.

자신이 죽은 후에 벌어질 유산 상속 문제에 연연해하지 마라. 죽음에 이를 때까지 한 인간으로서 어떻게 살아야 하는지가 유산보다 더 중요하다.

치매에 걸리고 난 후에는 늦다

내 아버지는 치매에 걸리셨기 때문에 돌아가실 때까지 약 3년간 노인 병원에서 지내셨다. 뇌혈관성 치매라는 진단을 받으셨는데, 나는 그 진단을 빌미로 아버지를 노인 병원에 떠맡겼다. 덕분에 가족들은 병간호라는 중압감에서 해방될 수 있었다. 그러나 아버지는 원하지도 않는 노인 병원에 갇힌 채 쓸쓸하게 여생을 보내셨다. 그건 불효였다. 잘못했다고 깊이 반성하고 있지만 당시로서는 달리 방법이 없었다.

내가 아버지처럼 치매에 걸린다면 내 아들은 어떻게 할까? 나는 무언가 대책을 세워야겠다는 생각이 들었다. 치매에 걸린 사람은 사물을 판단하는 능력이 없다. 혹시라도 일어날지 모르는 사고를 막으려면 항상 보호자와 함께 있어야 한다. 아직 지적 정신 장해나 치매를 앓는 노인을 대하는 이 사회의 시선은 냉혹하기만 하다.

예전에는 장래를 위해 제3자에게 재산 관리를 맡기거나 신변 보호를 위탁하고 싶어도 대리권(代理權 : 대리인의 법률 행위가 곧바로 본인에게 효력을 발생하도록 본인이 대리인에게 부여한 지위 또는 자격. 법정 대리권과 임의 대리권이 있다)의 범위가 확실하지 않은 데다 대리인을 감독할 방법도 마땅치 않아 위탁자의 의사를 확실하게 반영할 수 없었다.

또한 치매나 어떤 질병으로 자신의 의사를 타인에게 제대로 전달할 수 없을 때는 금치산(禁治産 : 가정 법원에서 심신 상실자에게 자기 재산의 관리와 처분을 금지하는 일)이나 한정 치산(限定治産 : 재산의 처분이나 관리가 법으로 제한되는 상태)이라는 선고를 받았다.

금치산이나 한정 치산이라는 선고를 받으면 일단 호적에 그 사실이 기재되고 본인은 자유 의사 결정권을 박탈당한다.

이 두 제도는 얼핏 개인을 보호하기 위한 제도 같지만 사실은 본인의 의향을 무시하고 사유 재산을 가족이 자유롭게 처분하도록 하는 가족 본위의 제도이다.

그러나 지금의 일본에서는 2000년에 개호 보험 제도(介護保險制度 : 기존 의료 보험 체계와 달리 노인의 요양과 보호를 목적으로 한 보험 제도)와 성년 후견 제도(成年後見制度 : 성인이 불구가 되거나 치매에 걸리기 전 재산 관리를 할 사람을 정해 재산을 맡기는 제도. 후견인이 바르게 집행했는지의 여부를 정부가 감독할 수 있다)가 실시되면서 더욱 나은 노후 대책을 세울 수 있게 되었다.

임의 후견 제도

• 일본의 개호 보험 제도와 성년 후견 제도
• 판단 능력을 평가하는 기준

일본의 개호 보험 제도와 성년 후견 제도

자기 수명을 알 수만 있다면 누구나 자기 재산을 자기 마음대로 처분할 수 있을 것이다. 그러나 그것은 불가능하다.

인간은 누구나 죽기 전에 한 번, 자기 몸도 제대로 가누지 못하는 시기를 겪는다. 그 기간이 얼마나 오래 지속되는지도 알지 못한다. 그렇기 때문에 사람들은 그 시기를 위해 열심히 돈을 모은다. 그러나 일단 혼수 상태에 빠지거나 치매에 걸리면 그동안 준비해 온 돈은 한 줌의 휴지 조각으로 변한다. 자신의 뜻대로 사용할 수 없기 때문이다.

2000년에 일본에서는 개호 보험 제도가 도입되면서 병시중이 필요하다고 판정받은 사람들은 다양한 간호 서비스를 받게 되었다. 그러나 그러한 판정을 받았다는 말은 곧 자신이 약자임을 세상에 공표하는 것이다.

특히 가벼운 치매 증세로 병 수발이 필요하다고 판정받은 사람은 매우 조심해야 한다. 이런 사람은 어느 정도 불편한 점은 있겠지만 일상생활을 하는 데 문제가 없고 다른 사람과 대화도 할 수 있다. 다만, 재산을 관리하는 데 필요한 고도의 판단 능력이 부족하다. 즉, 자기 재산을 제대로 지킬 수 없다는 말이다. 자신이 약자임을 인정한 이상 이런 사람들은 생활 전반에 걸쳐 보호를 받아야만 한다. 그렇지 않으면 그들은 법을 악용하는 사람들의 먹잇감이 되고 만다.

그러나 지난날의 일본의 가정 재판소는 이렇게 가벼운 치매 증세에 대해 금치산도 한정 치산도 인정하지 않았다. 그렇기 때문에 자기도 모르는 사이에 재산을 잃는 사람이 허다했다. 따라서 개호 보험 제도를 보완할 수 있는 새로운 제도를 병행하여 실시해야 했다.

사람들이 쉽게 이용할 수 있고, 본인의 판단 능력 상태에 따라 도움받는 정도를 다르게 할 수 있는 새로운 제도가 마침내 2000년 4월에 개호 보험 제도와 함께 시행됐다. 그것이 바로 성년 후견 제도이다.

일본의 성년 후견 제도는 1898년에 시행된 금치산 제도를 새롭게 보완한 제도로, 치매에 걸린 사람에게만 적용된다. 자리 보존하고 누운 사람이나 의식이 명확한 사람은 이 제도를 이용할 수 없다.

판단 능력을 평가하는 기준

일본의 성년 후견 제도에는 다음 두 가지가 있다. 첫째는 이미 치매로 판단 능력을 상실한 노인에 대해 가족이 법정 후견인을 세워 재산 관리 따위를 실시하는 법정 후견 제도이다. 둘째는 성년 후견 제도에서 문제가 되는 임의 후견 제도이다. 이 두 제도를 이용하면 자신이 믿을 수 있는 사람(후견인)과 상의하여 자신의 노후를 계획할 수 있다.

일본의 법정 후견 제도에는 보조 제도가 따로 마련되었는데, 이미 가벼운 치매 증상을 앓고 있는 사람을 보호하는 제도가 그것이다. 이와 달리 임의 후견 제도는 판단 능력이 있는 건강한 사람이 판단 능력이 저하됐을 때를 대비할 수 있는 제도다. 단, 판단 능력이 떨어졌을 때만 유효한 제도다. 몸을 자유롭게 움직이지는 못하지만 판단 능력이 있다고 판정된 사람은 이 제도를 이용할 수 없다.

그렇다면 판단 능력의 여부는 누가, 어떻게 판정할까?

판정을 내리는 곳은 일본의 가정 재판소이다. 가정 재판소는 전문의의 의견을 참고로 판정을 내린다. 그런데 이 부분이 문제다. 이 세상에 어느 누구도 치매와 정상을 정확하게 판단하지 못한다. 치매와 정상의 경계선이 모호하기 때문에 제도를 적용하는 시점도 불분명하다. 사실 치매를 측정하는 방법은 여러 가지다. 그러나 어떤 방법도 완벽하지 않다.

여담이지만, 고령자의 뇌혈관을 MRI로 찍어보면 대부분 뇌경색 증상이 나타난다. 뇌경색을 일으킨 곳이 13곳 이상이면 80퍼센트가 넘는 사람들이 분명하게 치매 증상을 나타낸다. 그 절반인 5~6곳에 뇌경색이 일어났다면 40퍼센트 정도가 치매 증상을 나타낸다. 나머지 40퍼센트는 뇌경색을 일으킨 곳이 13곳으로 늘어날 때까지 가끔씩 멍해지고 노망기를 나타낸다고 한다.

그렇다면 노망기를 나타내는 이 시기를 치매라고 보아야 할까? 알 수 없다. 바로 이 점이 일반적인 정신 장해와 노인성 치매의 차이점이다. 어떤 사람이 노인성 치매에서만 나타나는 이 특수한 상태에 있다고 해보자. 자기 앞날에 대한 계획을 임의 후견 제도를 이용해서 작성했다고 해도 치매라는 진단을 받지 않는 한 계획을 실행시킬 수 없다. 즉, 앞날에 대해 아무런 준비도 하지 않은 것과 다를 바가 없는 것이다. 이런 면에서 보면 성년 후견 제도는 아직 보완해야 할 점이 많다.

나이를 먹으면 몸과 마음이 서서히 쇠약해진다. 몸이 약해지면 당연히 뇌의 기능도 떨어지고 자기 의지와 상관없이 판단 능력 또한 흐려진다. 이런 현상은 죽을 때까지 계속되고 이를 피할 수 있는 사람은 아무도 없다. 그러므로 자신의 마지막 삶을 준비하려면 판단 능력이 있을 때 해야 한다.

아직은 미숙한 점이 많지만 여생에 대한 자기만의 계획이 있다면 임의 후견 제도를 이용해서 미리 확실하게 결정해 두자. 이것은 살아 있지만 자기 의사를 표현할 수 없는 시기를 위한 하나의 유언장이며 죽을 때까지 자신의 존엄성을 지킬 수 있는 일종의 결의서이다.

꼭 집에서 죽으라는 법은 없다

- 마지막까지 내 힘으로 살기 위해
- 일본의 경우 비용은 매달 150~160만 원 정도
- 치매 증상이 진행되는 것을 바라지 않는다
- 돈이 없으면 시설에 들어갈 수 없다

마지막까지 내 힘으로 살기 위해

아무것도 남기지 말라고 했지만 자기 장례 비용은 남겨두도록 하자. 가족에게 부담을 주지 않아서 좋고 마지막까지 자립해서 살 수 있어 좋다.

만약 다른 사람의 수발이 필요하다면 집이 좋을지 아니면 어떤 시설에 들어갈지를 결정해야 한다. 임종까지의 예산이 크게 달라지기 때문이다.

일본에는 개호 보험 제도가 있기 때문에 집에서 수발을 받아도 가족에게 큰 부담은 되지 않는다. 그러나 홀로 개호 보험 제도의 혜택만 받으면서 사는 것은 불가능하다. 치매라도 걸리는 날에는 가족의 도움없이는 살 수 없기 때문이다.

따라서 마지막까지 자립해서 살고 싶다면 그룹 홈(Group Home : 공동 생활 가정을 이른다. 치매 걸린 노인, 장애인, 보호가 필요한 아동이나 청소년이 일반 주거 환경에서 공동 생활을 하며 치료와 보호를 받는다)과 같은 시설에 들어가는 방안도 검토해 볼 필요가 있다. 어떤 시설이 있고 그 비용은 얼마나 되는지 지금부터 알아보자.

일본의 경우 비용은 매달 150~160만 원 정도

일본에서 치매 증상이 매우 심하지 않을 때 들어갈 수 있는 시설에는 그룹 홈이 있다. 그룹 홈은 지역 사회의 일정한 후원금을 받으며 운영하는 소규모 복지 시설이다. 본래 정신 지체자를 위한 시설이지만 치매로 고생하는 노인들을 위해 1997년에 정식으로 제도화했다.

그룹 홈에서는 입소자의 증상과 능력에 따라 입소자 자신이 주체가 되어 행동할 수 있도록 도와주는 것을 원칙으로 한다. 다른 시설과는 달리 일반 가정에서 다른 사람과 가족처럼 지

내기 때문에 치매 진행을 늦출 수 있고, 정신적 안정감을 느낄
수 있다.

　단, 공동 생활을 하는 데 지장이 없는 사람만 들어갈 수 있
다. 증상이 심각해서 극단적인 폭력 행위나 자해 행위를 하는
사람은 입소할 수 없다. 만약 입소 후에 이런 행동이 나타나면
퇴소해야 한다.

　일본의 개호 보험 제도의 혜택을 받을 수 있는 지정 시설이
아니므로 비용은 본인이 부담해야 한다. 집세와 식비를 합해
다달이 150~160만 원 정도를 내는데 개중에는 300만 원 이상
의 고급 그룹 홈도 있다.

치매 증상이 진행되는 것을 바라지 않는다

　　일본의 메디컬 케어 서비스 주식회사(MCS)는 이 그룹
홈 사업에 뛰어들었다. 한 주택당 9명이 정원인 조립식 주택
단지―한 단지당 세 주택이 들어섰다―를 두 곳에 조성했는데,
시설이 완공되자마자 입소자가 가득 찼다고 한다. 2002년까
지 여섯 개에서 일곱 개의 단지를 완공할 예정이며, 3년 후에
는 200가구를 새로 지을 계획이라고 한다.

　MCS의 사장인 다카하시 세이치(高橋誠一)가 복지 산업에 뛰
어든 이유는 농촌의 토지를 활용하기 위해서였다. MCS는 본

래 건설 회사였는데, 역에서 멀리 떨어진 외각 지역은 아파트를 지어봤자 미분양되기 일쑤였다. 젊은 사람은 도심지로 떠나 나이 든 부부만 남은 집도 많았고, 그나마 같이 지내던 배우자가 세상을 떠 혼자 사는 노인도 많았다. 때때로 치매에 걸린 노인들도 있었다. 다카하시 세이치 사장은 쓸모없는 토지도 활용하고 상속세 대책도 세울 수 있는 방안을 연구하기 시작했는데, 그때 마침 개호 보험 제도가 실시된 것이다.

"그래! 쓸모없는 땅일수록 복지 시설로 이용하는 거야!"

다카하시 세이치 사장의 복지 산업은 이렇게 시작됐다.

"현재 일본에서 치매로 고생하는 노인의 수는 170만 명이나 됩니다. 3년 후에는 355만 명이 된다고 하는군요. 현재 그룹 홈은 320군데밖에 없으니까, 수용 인원은 5만 명을 넘지 못합니다. 입소를 희망하는 사람은 60만 명에 달합니다. 10명당 한 사람만 들어가는 꼴이죠. 그런데 증상이 심한 사람은 아예 그룹 홈에 들어가지도 못합니다. 그럼, 그 사람들은 어디로 가야 하죠? 이 사람들을 위해서 특별 양호 노인 홈(일본의 노인 복지 시설 중 하나)을 더 만들어야 합니다. 사실 가장 좋은 방법은 증상이 악화하지 않도록 잘 돌봐주는 겁니다. 죽는 날까지 증상이 나빠지지 않는다면 그룹 홈이나 그 밖에 다른 시설에 들어가는 방법도 상당히 좋다고 생각합니다."

다카하시 세이치 사장의 말이다.

돈이 없으면 시설에 들어갈 수 없다

"인생은 돈이 전부가 아니라고 하지만 돈이 없으면 시설
에 들어갈 수 없습니다. 젊었을 때부터 착실하게 노후를 준비해
주지 않으면 안 됩니다. 다른 사람보다 열 배나 더 힘들게 일할지
언정, 노후를 위한 충분한 돈은 꼭 마련해 두어야 합니다. 정신적
인 풍요로움도 물론 중요하지요. 무슨 말을 해도 다 받아줄 것 같
은 친구가 있고, 적당한 양의 돈이 있고, 스트레스를 줄이도록 노
력한다면 정신적인 풍요로움과 건강을 모두 손에 넣을 수 있습니
다."

역시 다카하시 세이치 사장의 말이다. 다카하시 세이치 사장
의 좌우명은 남을 도우면 행운이 찾아온다는 것이다. MCS는
복지 산업에 뛰어든 후 주식 값이 세 배나 뛰어올랐다고 한다.
MCS가 복지 산업에 뛰어든 방식은 좀 특이하다. 그때까지
만 해도 용지를 따로 사들여 건물을 짓는 방식이 일반적이었
기 때문에 복지 시설에서는 그 비용을 걷어들이기 위해 입소

자에게서 고액의 입소 비용을 받았다. 그러나 MCS는 비어 있는 토지에 건물만 지어주는 방식을 채택했다. 그렇게 하면 따로 토지를 구입하지 않아도 되니까 비용이 줄어들고, 짓자마자 입소자가 들어차므로 토지 주인은 건물을 짓기 위해 빌린 대출금을 금세 갚을 수 있다. 또한 그만큼 입소자가 부담해야 하는 비용도 줄어든다. 토지 주인이나 입소자나 두루두루 이익인 것이다.

생의 마지막 거처

· 특별 양호 노인 홈으로 몰려드는 사람들
· 다양한 유료 노인 홈
· 케어 하우스는 생의 마지막 거처로 불안정하다?

특별 양호 노인 홈으로 몰려드는 사람들

2000년 일본에서 개호 보험 제도가 실시되면서 복지 산업에 뛰어든 수많은 기업들 중 상당수는 실패의 쓴맛을 봤다.

개호 보험 제도가 도입되기 전에는 각각의 복지 시설을 독자적으로 운영했기 때문에 복지 시설 곳곳에서 운영자의 경영 방침을 엿볼 수 있었다. 그러나 제도가 도입됨에 따라 복지 서비스는 천편일률적으로 변모했다. 보험 제도에서 지정하는 서비스를 제공하지 않으면 인가가 취소되기까지 했다.

개호 보험 제도가 도입되기 이전의 특별 양호 노인 홈은 입소자를 시정촌(市町村)이 결정하는 조치 시설(措置施設)이었다. 그러나 제도가 도입된 이후에는 일정한 조건만 갖추면 누구나 특별 양호 노인 홈에 들어갈 수 있다. 그렇지 않아도 평판이 좋은 시설에는 대기자가 밀리는 상황이었는데, 제도가 도입되면서 대기인 수가 더 증가한 것이다. 유명한 시설에는 대기인 수가 무려 1,000명이 넘는다고 한다. 아무래도 살아 있는 동안에는 들어가지 못할 정도로 엄청난 수가 대기 중이다.

앞으로도 대기인 수는 계속해서 증가할 것이다. 게다가 고령자도 늘어가는 추세니 특별 양호 노인 홈을 노후 대책으로 생각하는 사람은 다른 방법을 찾는 편이 좋을 듯하다.

다양한 유료 노인 홈

그렇다면 생의 마지막 거처가 될 시설은 어디인가? 이른바 유료 노인 홈이 남아 있다.

일단 계약만 하면 죽을 때까지 어떠한 수발도 다 들어주는 곳, 몸 상태에 따라 시설을 바꾸어가며 수발해 주는 곳, 계약 사항에 열거된 수발만 해주고 그 이상의 수발이 필요하면 계약을 해지해도 되는 곳 등 유로 노인 홈에도 종류가 많다. 건강한 사람만 돌봐주는 곳도 있고, 반대로 아픈 사람만 받는 곳도 있다.

한편, 개호 보험 제도에서는 일정한 기준을 만족시키는 유료 노인 홈에 대해 재택 서비스의 한 종류인 '특정 시설 입소자 생활 개호'의 지정 업자로서 홈이 제공하는 개호 서비스의 비용을 개호 보험이 부담한다.

유료 노인 홈을 생의 마지막 거처로 삼고 싶다면 구체적으로 자신이 어떤 상태가 되었을 때, 어느 정도의 서비스를 제공받을 것인지를 먼저 결정한 후 그에 맞는 시설을 선택해야 한다.

입소할 때는 입소 비용을 현금으로 낸다. 입소 비용은 시설 건설 비용, 시설 유지 비용, 토지 이용 환산 금액 따위를 모두 더해서 입소자 또는 각 입소실의 인원수대로 나누는 등 합리적인 근거에 따라 산정한다. 입소 비용을 낸 후에는 다달이 이용료(입소자에게 서비스를 제공하는 데 든 비용)와 식비를 내야 한다.

내야 하는 돈의 액수는 곳에 따라 천차만별이다. 초호화 유료 노인 홈도 있고, 일반 서민이 큰 부담 없이 이용할 수 있는 곳도 있다. 유료 노인 홈에 들어갈 생각이 있다면 어떤 수준의 노인 홈을 골라야 안심하고 여생을 보낼 수 있는지 미리미리 따져 보아야 한다. 입소 희망 시기에 치매에 걸릴 수도 있음을 유념하기 바란다. 만약 자택을 팔아서 입소 자금이나 생활비를 충당할 계획이라면 그 뜻을 임의 후견 계약 안에 정확히 기재하고, 후견인에게 대리권을 부여해야 한다.

유로 노인 홈은 민간에서 운영한다. 따라서 만일의 사태에 대비해서 운영하는 회사와 계약할 때는 계약 내용을 꼼꼼히 따져 보아야 한다.

개중에는 치매 증상이 심한 사람을 퇴소시키는 곳도 많다. 이때 집을 팔아서 입소 비용을 충당한 사람은 퇴소 후에 갈 곳이 없기 때문에 분쟁이 일어나기도 한다. 개중에는 입소할 때 임의 후견 계약을 설정하여 임의 후견인이 입소자의 신원을 인수할 수 있도록 하는 유료 노인 홈도 있다.

케어 하우스는 생의 마지막 거처로 불안정하다?

또 하나, 공공 복지 시설인 케어 하우스(Care House)가 있다. 개호 보험 제도 도입 전, 일본의 고령자 복지 정책의 일환으로 케어 하우스는 노인 보건 시설과 함께 급격히 증가했다.

케어 하우스란 신체 기능이 떨어졌거나 혼자 사는 60세 이상의 노인에게 비교적 낮은 가격으로 식사나 목욕 따위의 생활 서비스를 제공하는 복지 시설이다. 개호 시설이 아니므로 자리보전하고 눕게 되거나 치매에 걸리면 퇴소해야 한다.

그러므로 생의 마지막 거처로 삼기에는 부족한 점이 많다. 단, 케어 하우스도 유료 노인 홈처럼 재택 서비스의 한 종류인 '특정 시설 입소자 생활 개호'의 지정 업자로 선정되면 입소자가 사망할 때까지 어떤 수발도 다 해준다. 그러나 그 수가 매우 적으므로 케어 하우스를 생의 마지막 거처로 삼으려면 사전에 여러 가지 조건을 꼼꼼히 따져 보아야 한다.

정책상 입소 후에 특별 양호 노인 홈에서 받는 개호 서비스와 같은 정도의 서비스를 받아야 할 정도로 몸 상태가 나빠지면 입소자는 케어 하우스를 퇴소하여 특별 양호 노인 홈으로 옮겨야 한다. 그러나 특별 양호 노인 홈의 수가 적고, 대기인의 수가 많은 현 상황으로 미루어볼 때 적절한 시기에 이사하기는 불가능하다.

케어 하우스의 입소 비용은 아무리 비싸도 1억 원을 넘지 않는다. 이용료는 식비, 생활비, 관리비, 사무비 따위를 포함해서 대략 70~80만 원 정도다. 혼자 살기가 불안하다면 생의 마지막 거처로 생각해 볼 만한 곳이다.

위엄있게 살고 죽다

· 집에서 죽음을 맞이하려면 자녀가 있어야 한다
· 재산이 없는 사람에게는 그 나름의 장점이 있다
· 위대한 상속 재산

집에서 죽음을 맞이하려면 자녀가 있어야 한다

앞에서 살펴보았듯이 자식에게 신세지지 않으려면 상당한 양의 돈이 필요하다. 대부분의 서민은 노후를 준비하는 것만으로도 버거울 것이다. 그러니 취미 생활에 돈을 쓸 여유는 꿈도 꾸지 못한다.

그러나 수준을 조금만 낮추면 쓸 수 있는 돈은 몇 배로 늘어난다. 그 돈을 정말로 돈이 필요한 시기에 자녀를 위해 쓴다면 자녀는 자연스럽게 부모를 모시려고 할 것이다. 재산을 증여하면 증여세를 내야 한다. 그러나 그 돈을 손자 학비로 내면 세금을 내지 않아도 된다. 자신이 학비를 내줬으니 자녀의 생활도 그만큼 윤택해질 것이다. 그러면 자녀도 부모에게 더 잘하려고 노력할 것이다.

자식에게 신세지고 싶지 않다고 생각하는 그 마음에는 '부모를 모셔야 한다는 이유로 자식에게 희생을 강요할 수 없다'는 생각이 더 클 것이다. 또한 자식에게 자신의 노후를 돌보아달라고 큰 소리 칠 만큼 자신이 부모로서 자식을 잘 돌보았다는 자신감도 없으리라. 그러나 자기 집에서 죽음을 맞이하기 위해서는 반드시 자녀가 있어야 한다.

자기 집을 생의 마지막 거처로 삼기로 작정했다면 그에 따른 예산도 짜야 한다. 그러나 집은 시설이 아니므로 무슨 입소 비용이나 이용료 따위는 없다. 불확실한 요소가 너무 많기 때문에 정확히 얼마를 준비해야 하는지 알기도 어렵다.

재산이 없는 사람에게는 그 나름의 장점이 있다

정확하게 예산을 세우지도 못할 바에는 아예 확실하게 분할하는 쪽을 선택하자. 자신의 노후 자금을 자녀와 손자 손녀를 위해 쓰도록 하자. 자신이 그들의 소중한 출자자가 되는 것이다.

소중한 출자자가 늙고 쇠약해졌을 때 만약 자녀와 손자손녀가 자신을 멸시하고 귀찮아한다면 그들은 인간도 아니다. 그들을 그렇게 키운 부모는 반성해야 한다. 상황이 이렇다면 자식에게 더 이상 기대하지 말고 여생을 위한 새로운 계획을 짜야 한다.

만약 이때 남은 재산이 없으면 복지 제도에 의지하자. 일본이 대단한 복지 국가는 아니지만 그렇다고 갈 곳 없는 노인을 길바닥에 내버려 두지는 않는다.

재물을 가지지 않기로 결심하면 그 순간 그 나름의 장점이 있다. 어차피 인간은 빈손으로 왔다가 빈손으로 가지 않는가. 사실 정말로 빈손이 되기란 어렵다. 재물을 전혀 남기지 않는 것은 거의 불가능에 가깝다. 자택 부지도 남을 테고, 노후 비용을 다 쓰지 못하고 죽을 수도 있다. 시설에 들어간다고 해도 생각보다 죽음이 빨리 찾아오면 입소 비용 중 일부를 되돌려 줄지도 모른다.

인간이 이 세상에 태어나 죽음을 맞이할 때 아무것도 남기지 않는다는 것은 정말 어렵고도 어려운 일이다.

위대한 상속 재산

코끼리는 죽을 때 무리에서 나와 조용히 어디론가 사

라진다고 한다. 신비로운 이야기지만 아직 과학적으로 증명된 것은 아니다.

동물원에서 사육하는 코끼리는 좀 다르다. 늙은 코끼리가 노환으로 곧 쓰러질 것 같으면 젊은 코끼리가 양 옆에 서서 쓰러지지 않도록 부축한다. 잠도 휴식도 마다하고 끈질기게 버티고 선다. 지치면 다른 젊은 코끼리와 교대해 가며 늙은 코끼리가 혼자 힘으로 설 때까지 버팀목 역할을 쉬지 않는다. 그러나 늙은 코끼리는 더 버티지 못하고 쓰러진다. 죽음을 맞이하는 것이다.

중국에 '고목신간(古木新幹)'이라는 말이 있다. 금방이라도 쓰러질 듯한 고목 주위에 어린 나무를 심으면 고목이 기운을 되찾는다는 뜻이다.

동물도 식물도 이렇게 서로 도우며 살아간다. 하물며 사람인 자녀가 부모를 모시지 못할 이유가 어디 있겠는가. 이리저리 찾아보면 방법은 많다. 부모도 마찬가지다. 노후에 자녀를 덜 힘들게 할 방법을 찾아보고, 부축을 받더라도 죽는 날까지 위엄있게 살아야 한다.

자녀도 그 손자손녀도 마찬가지다. 위엄있게 살다 가는 것, 이것이 바로 가장 위대한 상속 재산이다.

자료편

- 건강할 때 세우는 노후 대책 '임의 후견 제도'
- 가장 솔직한 전언, '유언'

건강할 때 세우는 노후 대책 '임의 후견 제도'

제5장에서도 언급했지만 일본의 성년 후견 제도에는 법정 후견 제도와 임의 후견 제도가 있다.

전자는 치매에 걸린 노인을 가족이 보호하는 제도이고, 후자는 자신이 치매에 걸렸을 때 취할 조치를 미리 결정하여 기재해 두는 제도다. 두 제도 모두 치매에 걸린 본인과 그 주변 가족의 생각을 조정할 수 있도록 했다. 이제부터 날이 갈수록 그 중요성이 부각되고 있는 일본의 법정 후견 제도와 임의 후견 제도에 대해 알아보자.

◎ 판단 능력이 떨어지면 법정 후견 제도를

일본의 성년 후견 제도에 속한 법정 후견 제도는 금치산과 한정 치산을 보완하여 만든 제도다. 본인의 판단 능력이 저하됐거나 결여됐을 때 일어나는 재산 상실 사고를 막기 위해 가족이 이용하는 제도이다. 따라서 법정 후견 제도는 본인의 의사와 그다지 관계가 없다.

단, 이전 제도와 달리 법정 후견 제도는 판단 능력에 따라 다음 세 단계로 분류된다. 금치산과 한정 치산을 '후견'과 '보좌'로 개칭하고, 치매 증상이 가벼운 사람을 위해 새로 '보조' 제도를 신설했다.

① 후견(판단 능력을 완전히 잃은 사람) : 후견인을 두는 후견 제도

② 보좌(판단 능력이 현저히 떨어진 사람) : 보좌인을 두는 보좌 제도

③ 보조(판단 능력이 부족한 사람(치매 증상이 가벼운 사람)) : 보조인을 두는 보조 제도

◎ 각 제도의 대상자와 특징

후견 제도의 대상자는 판단 능력이 없기 때문에 이미 모든 권리를 물려받은 후견인이 필요하다. 후견인은 본인의 행위 전반에 걸쳐 대리권이 있으며, 본인의 행위를 취소할 수도 있다.

예전에 금치산을 선고받은 사람은 생활 필수품을 사거나 기타 일상생활과 관련이 있는 행위를 할 때도 자기 결정권이 없었다. 그러나 이 후견 제도는 본인이 직접 생활 필수품도 사고, 단독으로 공공 요금도 지불하도록 하는 제도이다.

보좌 제도의 대상자는 판단 능력이 현저히 떨어진 사람이다. 자기 재산을 관리하고 처분할 때 항상 보좌인의 도움을 받아야 하지만, 일상생활에서 물건을 사는 일 정도는 단독으로 처리할 수 있다. 보좌 제도가 실시되면 중요한 재산 행위에 대해서는 반드시 보좌인의 동의를 얻어야 한다. 본인이 보좌인의 동의를 얻지 않고 단독으로 처리한 중요 재산 행위에 대해서는 취소가 가능하다.

일본의 경우 예전에는 한정 치산 제도에서 대리권을 인정하지 않았기 때문에 재산 보전 처분을 신청하고 가정 재판소에서 재산 관리자를 선임받아야 했다. 그러나 보좌 제도에서는 필요에 따라

가정 재판소가 보좌인에게 본인을 대리하는 권한을 부여하도록
되어 있다. 단, 본인의 동의가 있어야 하며 가정 재판소가 필요하
다고 인정하는 사항에 대해서만 대리권을 부여한다.

보조 제도의 대상자는 판단 능력이 부족하여 자기 재산을 관리
하고 처분할 때 다른 사람의 도움이 필요한 사람이다. 더 구체적
으로 말하면 본인이 중요한 재산 행위를 할 때 제대로 처리할 수
있을지의 여부가 의심스럽기 때문에 본인의 이익을 위해 누군가
가 그 일을 대신하는 편이 낫다고 판단되는 사람이다.

보조 제도의 대상자는 부족하기는 해도 판단 능력이 있는 사람
이다. 따라서 본인의 의사를 존중하는 뜻에서 보조 제도를 시행
할 때는 본인이 직접 신청하거나 본인의 동의를 구해야 하고, 본
인의 동의 여부는 일본의 가정 재판소가 확인한다.

◎ 법정 후견인을 선택하는 권리는 가정 재판소에

일본에서 법정 후견 제도를 신청하려면 신청권이 있어야 한
다. 신청권은 본인, 본인과 친족 관계에 있는 사람(배우자, 자녀,
사촌 친족), 본인을 법적으로 도와주는 사람에게 부여된다. 또한
친족이 없는 사람도 있으므로 공적 기관도 법정 후견 제도를 신
청할 수 있다.

신청하는 곳은 본인의 주소를 관할하는 가정 재판소이다. 신
청이 들어오면 일본의 가정 재판소는 전문가와 함께 본인의 판단
능력의 유무를 심사하고 판정한다.

신청인이 직접 법정 후견인 후보자를 추천할 수 있지만 법정 후견인을 선임하는 권한은 가정 재판소에 있다. 본인의 이익을 제대로 보호할 수 있을지의 여부를 판단하여 선임하는 것이다. 따라서 본인과 이해관계에 있는 사람은 선임되지 못한다. 만약 본인 주변에 적임자가 없으면 가정 재판소에서 적임자를 찾아 선임한다.

일본의 가정 재판소에는 법정 후견인 후보자 명단과 그 후견인을 감독하는 법정 후견 감독인 후보자 명단이 준비되어 있다. 명단에 실린 사람은 변호사, 법무사, 전 가정 재판소 조사관, 복지 전문가 등이다.

후견인을 선임할 때는 본인 의사를 묻는다. 그러나 본인이 판단 능력이 없거나 전혀 알지 못하는 사람이 후견인으로 선임되어 의견을 제시할 수 없을 때는 가정 재판소의 직권으로 후견인을 선임한다.

후견인을 항상 한 명만 선임하는 것은 아니다. 각각의 전문성을 살리기 위해 여러 명을 선임하기도 한다. 여러 명을 선임하는 방법은 권한 남용을 막는 데도 도움이 된다.

일본에서는 예전에 금치산이나 한정 치산이란 선고를 받으면 호적에 그 사실을 기재했다. 금치산자, 한정 치산자라는 사실을 모르고 한 계약이 취소됐을 때 계약 상대방이 예상외의 손실을 입지 않도록 하기 위해서였다. 그러나 법정 후견 제도에서는 호적에 기재하는 일을 금한다.

그렇다고 계약 상대방의 손실을 막는 예방책이 사라진 것은 아니다. 성년 후견을 인정받은 사람의 이름과 주소는 도쿄 법무국 컴퓨터에 등기하도록 되어 있다. 이 등기 사항 증명서 교부를 청구할 수 있는 사람은 본인, 후견인, 후견 감독인, 배우자, 사촌, 국가, 지방 공공 단체의 직원이다. 따라서 계약이 의심스러운 사람은 계약 상대방에게 후견 등기가 없음을 증명하는 증명서를 제출하라고 하여 만약의 사태를 미연에 방지할 수 있다.

◎ 노후 대책에서 빠질 수 없는 임의 후견 제도

일본에서 유언장을 쓰기에 앞서 먼저 생각할 것이 있는데 바로 신설된 임의 후견 제도다.

임의 후견 제도는 본인이 건강한 상태에 있을 때 노후를 위한 인생 계획을 세우는 제도다. 장래에 어떤 도움을 받고 어떻게 비용을 부담할지를 임의 후견인과 상담하여 공정 증서로 남기고, 실제로 후견인이 필요할 때 가정 재판소가 후견 감독인을 선출하여 공정 증서에 적힌 내용을 실시하게 한다.

이 제도는 매우 쓸모가 있다. 아직 인지도는 높지 않지만 그 중요성이 높아질 전망이다. 이 제도의 공정 증서는 유언장보다 먼저 작성해야 한다. 유언장은 자신이 죽고 난 후에 효력을 발휘하지만, 임의 후견 제도는 자신이 늙고 죽을 때까지 효력을 발휘한다. 따라서 노후 대책에 절대로 빠질 수 없는 제도다.

일본에서 임의 후견 제도는 임의 후견 계약을 맺는 순간부터 적용된다. 그 방식과 내용은 '임의 후견 계약에 관한 법률'에 따른다. 계약을 맺은 후 실제로 후견인이 필요한 시기가 오면 가정 재판소는 후견 감독인을 선출하여 계약 내용을 실시하게 한다. 후견인은 어디까지나 본인이 결정한 내용을 최우선으로 하고, 후견인이 계약 내용을 제대로 시행하는지를 감독한다.

◎ 임의 후견 제도가 실시되기까지의 흐름

임의 후견 제도의 흐름을 간략하게 알아보자.

① 임의 후견인을 결정한다

먼저 본인의 재산을 관리해 줄 사람을 결정한다. 이 사람을 임의 후견인이라 부른다. 임의 후견인의 자격은 법률상 제한이 없다. 본인의 친족과 지인 이외에 변호사나 법무사와 같은 법률 실무가, 사회 복지사와 같은 복지 전문가도 좋고, 법인도 괜찮다. 또한 임의 후견인을 복수로 지정해도 상관없다.

단, 미성년자나 파산자는 선임될 수 없어 계약도 효력을 잃기 때문에 주의해야 한다. 또한 임의 후견인을 친구나 지인으로 결정하면 본인과 함께 나이를 먹어 정작 필요할 때 후견인이 먼저 치매에 걸릴 수 있으니 주의해야 한다.

② 공정 증서로 작성한다

임의 후견 계약은 공정 증서로 작성한다. 공증인 사무소에 가면 공증인이 계약을 공정 증서로 작성해 준다. 이때 공증인은 본인의 판단 능력이나 본인의 임의 후견 계약의 체결과 내용에 대해 본인이 올바르게 결정했는지를 확인한다. 임의 후견 계약이 무효가 되지 않도록 하기 위해서이다. 임의 후견 감독인이 선임될 때부터 계약에 효력이 발생한다는 내용의 특약도 함께 작성한다.

③ 부탁할 내용을 구체적으로 결정한다

계약이 성립되려면 형식적으로 들어가야 할 내용이 있다. 이는 공증인이 작성하는 '임의 후견 계약 공정 증서' 의 양식 안에 포함되어 있으므로 잘 읽고 공증인의 설명을 들으면 된다.

이보다 더 중요한 것은 임의 후견인에게 부탁할 내용이다. 임의 후견 계약으로 위임할 수 있는 사항은 법률 행위가 뒤따르는 것뿐이다. 개호(수발)와 같은 사실 행위나 기타 대리인이 하기 힘든 사항은 포함되지 않으므로 주의해야 한다. 따라서 위임할 수 있는 사항 내에서 무엇을 위임해야 안심하고 노후를 보낼 수 있는지 잘 생각해야 한다.

예컨대, 치매에 걸렸을 때는 '그룹 홈' 에 들어간다, 가벼운 치매 증상이 있어서 혼자 살기가 불안할 때는 '케어 홈' 에 들어간다는 식으로 구체적으로 지시한다. 시설에 들어가려면 입소 비용, 계약금, 보증금 따위가 있어야 한다. 비용을 지불할 때는 계약이라는 절차를 밟으므로 임의 후견인이 본인을 대신해서 계약을 맺을 수 있도록 필요한 사항을 임의 후견 계약 내용에 포함시킨다.

시설에 입소하는 비용을 자택이나 자기 소유의 부동산을 팔아 충당한다면 임의 후견인에게 부동산을 팔 수 있는 대리권을 부여해야 한다. 대리권을 부여하지 않은 상태에서 본인이 치매에 걸리면 부동산을 매각할 때 가정 재판소에 다시 신청을 해야 하므로 모처럼 마음먹은 임의 후견 제도가 아무런 도움이 되지 못한다. 그 밖에 재산 관리, 요양, 간호 따위를 한 사람에게 모두 의뢰할 수도 있고, 각 사항마다 각기 다른 사람을 선임할 수도 있다.

노후 생활에 대해서는 복지 시설이나 개호 시설과 같은 공공 시설을 이용할 수도 있고, 민간 단체에서 운영하는 편리한 실버 서비스 따위를 이용할 수도 있다. 각 시설의 장단점, 현재 상황과 전망 따위를 확실하게 알아야 이들 중 어느 하나를 선택할 수 있다. 무턱대고 아무거나 선택하기보다는 더욱 꼼꼼하게 따져 보는 자세가 필요하다.

④ 임의 후견인의 보수

자녀가 임의 후견인일 때는 대부분 보수를 결정하지 않는다. 임의 후견 계약은 일종의 위임 계약이며, 위임 계약은 무보수가 원칙이다. 그러므로 계약서에 보수 액수를 정해놓지 않으면 후견인은 보수를 받을 수 없다.

보수는 임의 후견을 실제로 시작했을 때부터 지급한다. 계약만 하고 임의 후견을 시작하지 않은 동안에는 지급할 필요가 없다. 보수 액수를 한마디로 단정 지을 수는 없지만, 도쿄 변호사회 재산 관리 센터에 따르면 월 30만 원이 기준이다. 단, 관리할 재산의 많고 적음에 따라 개별로 결정한다. 임의 후견 감독인의 보수도 지불해야 하는데 이는 가정 재판소가 결정한다.

⑤ 시행

계약을 체결해도 곧바로 시행하는 예는 드물지만 법정 후견 제도의 '보조'에 해당하는 사람에 한해서는 곧바로 시행하기도 한다. 계약을 체결하고 곧바로 시행하는 것을 '즉효형'이라고 하고, 나중에 시행하는 것을 '장래형'이라고 한다.

계약을 시행할 시기가 오면 본인이나 임의 후견인이 가정 재판소에 임의 후견 감독인의 선임을 신청한다. 가정 재판소가 임의 후견 감독인을 선임해야만 비로소 계약을 시행할 수 있다. 본인은 판단 능력이 떨어진 상태이므로 임의 후견 감독인이 본인을 대신해 후견인이 재산 관리를 제대로 하는지의 여부를 감독해야 하기 때문이다. 본인이 임의 후견 감독인을 선택할 수 없는 이유는 바로 이 때문이다.

⑥ 임의 후견인의 해임

임의 후견 계약을 체결했어도 실제로 계약이 시행되지 않은 동안에는 언제든지 계약을 종료하고 임의 후견인을 해임할 수 있다. 임의 후견인을 해임할 때는 '공중인의 인정을 받은 문서'만 인정하므로 말로 한 해임은 효력이 없다. 본인과 임의 후견인이 합의 해제할 때도 마찬가지로 문서로 처리해야 한다.

임의 후견 감독인이 선임되어 계약을 시행한 이후에는 본인 또는 임의 후견인은 '정당한 사유가 있을 때만 가정 재판소의 허가를 받아' 임의 후견 계약을 해제할 수 있다. 합의 해제도 마찬가지다. 여기에서 말하는 '정당한 사유'란 주로 임의 후견인의 책무 불이행을 이른다. 이 밖에 본인이 법정 후견 제도의 후견, 보좌, 보조 중 어느 하나를 개시하라는 선고를 받을 때도 임의 후견 계약이 종료된다.

임의 후견 계약을 시행할 때의 상태는 법정 후견 제도를 인정할 때의 상태와 똑같다. 따라서 본인의 판단 능력이 떨어지는 상태에서 임의 후견 계약이 해제되면 모처럼 준비해 온 노후 대책이 무용지물이 되고 만다. 그러므로 임의 후견 계약을 체결하여 등기를 마친 사람에 한해서 가정 재판소는 본인의 이익을 보호하기 위해 특별히 필요한 상황이 아니면 법정 후견을 개시하지 않는다. 단, 임의 후견인이 부적절하거나 계약의 위임 내용이 불충분하여 본인이 충분한 보호를 받지 못한다고 판단될 때는 취소권(取消權 : 의사 표시를 하고 법률 행위를 취소할 수 있는 권리)에 따라 법정 후견이 적용되기도 한다.

임의 후견인을 해임하려면 본인, 본인의 친족, 검찰관이 이를 청구해야만 한다. 임의 후견인이 해임되면 계약도 종료된다.

가장 솔직한 전언, '유언'

일정한 나이가 되면 언제 죽음이 찾아올지 알 수 없으므로 주위 사람들을 위해 착실하게 자신의 죽음을 미리 준비해야 한다. 가장 공식적인 준비는 유언이다. 유언은 자신이 자손에게 남기는 가장 솔직한 전언이다. 이제부터 간략하게나마 올바른 유언을 남기기 위해 알아두어야 할 것들을 살펴보자.

◎ 유류분은 근친자를 위한 최저 보장

상속할 때는 유언을 가장 우선시한다. 그러나 유언으로 인하여 상속 재산의 침해를 받은 일정 범위의 상속인은 유산의 일부를 청구할 수 있다. 이를 '유류분 제도'라 하며 유산을 청구하는 행위를 '유류분 반환 청구'라 한다.

국내 상속법에 의하면 유류분을 청구할 권리가 있는 사람은 상속인으로서 배우자, 직계 비속(그 사람의 후대로, 예컨대 자녀), 직계 존속(그 사람의 전대로, 예컨대 부모)과 형제자매이다.

상속인의 유류분은 다음과 같다.

피상속인의 ① 직계 비속은 그 법정 상속분의 2분의 1, ② 배우자는 그 법정 상속분의 2분의 1, ③ 직계 존속은 그 법정 상속분의 3분의 1, ④ 형제자매는 그 법정 상속분의 3분의 1이다.

유류분 반환 청구에는 유류분을 침해당한 사람이 재산을 많이 물려받은 자에게 자신의 유류분을 돌려주기 바란다는 뜻이 담겨 있다.

처음부터 재판을 할 필요는 없다. 반환받으려는 상대방에게 내용 증명 등의 방법으로 의사를 표시하고, 상대방이 이에 응하지 않을 때만 지방 법원에 심사를 청구한다.

유류분 반환 청구는 자신의 유류분이 침해당했다는 사실을 안

이후 1년 이내에 해야 한다. 이 기간을 넘기면 권리가 소멸한다.

◎ 법정 상속의 효력이 미치는 범위

법정 상속분은 다음과 같다.

우선 상속인의 순위는 ① 직계 비속이 1순위, ② 직계 존속이 2순위, ③ 형제자매가 3순위가 된다. 배우자는 직계 비속(자녀) 과 공동 상속인이 되고, 직계 비속이 없으면 직계 존속(부모)과 공동 상속인이 되며, 직계 존속도 없으면 단독 상속인이 된다.

선순위 상속인이 있는 경우 후순위에 해당하는 자는 상속인이 될 수 없다. 즉, 배우자와 자녀가 있으면 부모는 상속인이 될 수 없는 것이다.

법정 상속 지분은 공동 상속인 간에는 원칙적으로 균등하나, 배우자는 다른 상속인의 상속 지분 5할을 가산하다.

예를 들면 피상속인이 배우자와 아들, 딸이 있을 경우 배우자 의 법정 상속 지분은 3.5분의 1.5(아들 : 딸 : 배우자 = 1 : 1 : 1.5)의 비율이 된다.

또한 상속인이 될 직계 비속 또는 형제자매가 상속이 개시되기 전에 사망하면 그 직계 비속이 사망한 자를 대신해 상속인이 된 다. 이를 대습 상속이라고 한다.

예를 들면 피상속인의 배우자와 아들 1명이 있었는데, 아들이 상속 개시 전에 망한 경우 손자가 대습 상속인이 된다. 이 경우 피상속인의 배우자는 손자와 공동 상속인이 된다. 앞의 사례에서도 보았듯이 이런 숨어 있는 복잡한 권리 관계가 합의를 도출하는 데 큰 장애물로 등장하는 것이다.

형제자매가 고인의 유산을 분할할 때는 형제자매의 자녀(고인의 생질이나 조카에 해당함)가 부모를 대신해 상속받을 수 있다. 법정 상속자는 이 생질이나 조카까지다. 이보다 먼 친척은 법정 상속자가 될 수 없다.

◎ 유언장의 형식과 쓰는 법

유언장은 본인이 죽었을 때 효력을 발휘한다. 즉, 유언장이 효력을 발휘할 때는 본인은 이미 이 세상에 없다. 따라서 유언장을 잘못 작성했어도 이를 수정할 수 없다. 법률에서는 이러한 일을 막기 위해 유언장을 작성할 때 일정한 형식을 요구하며 이를 지키지 않은 유언은 무효로 처리한다.

민법에서 규정하는 유언 방식에는 보통 방식과 특별 방식이 있다. 보통 방식은 다시 자필 증서, 공정 증서, 비밀 증서로 나뉘고, 특별 방식은 질병이나 기타 위급한 상황에 닥쳐 보통 방식으로 유언할 수 없을 때만 인정한다.

기본적으로 알아두어야 하는 것은 자필로 유언장을 작성하는 방법과 공증인에게 의뢰하는 방법이다.

가장 안전한 유언은 공증인에게 의뢰하여 작성하는 '공정 증서 유언'이다. 공증인은 이른바 유언을 작성하는 전문가이다. 따라서 공증인이 작성한 문서는 공문서가 되고, 법률적으로도 아무런 문제가 없다.

방법은 간단하다. 공증인과 증인 두 명 이상의 앞에서 유언 내용을 말한다. 공증인은 그 내용을 듣고 유언 증서를 작성한다. 증서는 원본, 정본, 등본의 세 종류로 작성한다. 원본에는 유언자와 증인 두 명이 서명 날인하고, 공증인 사무소에 반영구히 보관한다. 보관료는 무료이며 정본과 등본을 분실해도 원본만 있으면 재발행할 수 있다.

'자필 증서 유언'이란 유언자가 직접 작성하는 유언장을 이른다. '전문(全文)', '날짜', '이름'을 전부 자필로 쓰고 '날인'한다. 이 네 가지 중 어느 하나라도 빠지면 무효다. 즉, 이 네 가지만 있으면 형식은 갖춘 셈이다. 표제도 필요없다. 어떤 곳에 써도 상관없고 무엇으로 써도 괜찮다. 인감은 막도장을 찍어도 된다. 단, 기계로 작성하거나 고무도장을 찍은 유언장은 무효다. 유언장이 효력을 발휘하려면 모든 내용을 자필로 쓰고, 날짜와 이름을 반드시 넣은 다음에 서명 날인해야 한다. 내용을 고치는 데도 일정한 방법이 있으므로 쓰다가 틀렸을 때는 처음부터 다시 쓰는 편이 안전하다.

자필 증서 유언은 시간과 장소에 구애받지 않고, 몇 번이고 고쳐 쓸 수 있으며, 타인에게 공개하지 않고 비밀로 작성할 수 있다는 장점이 있다. 단, 이 장점은 곧 단점이 되기도 한다. 보관을 잘 못해서 잃어버릴 수도 있고, 타인이 찢어버리거나 은폐할 위험이 있다.

'비밀 증서 유언' 은 자필 유언장의 겉봉을 봉하여 공증인, 증인 두 명이 보는 자리에서 서명 날인을 받는 방법이다. 이 방법으로 유언을 남길 때는 내용을 활자로 적어도 상관없다. 단, 서명은 자필로 해야 하고, 날인한 인감은 봉인한 인감과 같아야 한다. 내용을 다른 사람에게 공개하지 않는다는 장점이 있지만, 역시 본인이 보관하기 때문에 자필 증서 유언과 똑같은 위험이 있다.

◎ 유언장을 확실하게 보관하는 방법

문제는 유언장을 보관하는 방법이다. 어떻게 보관하느냐에 따라 분실, 변조, 복수(複數) 따위의 문제가 발생한다. 유언장은 몇 번이고 고쳐 쓸 수 있다. 따라서 유언장이 여러 장(복수)일 때는 가장 최근에 작성한 유언장이 효력이 있다. 유언 방법이 서로 달라도 역시 가장 최근에 작성한 유언이 우선시된다.

공정 증서로 유언을 남기면 보관이 확실하지만 가족에게 비밀로 했을 때는 본인이 사망한 후 어느 누구도 유언장의 존재를 알지 못하기 때문에 고인의 유언대로 유산을 분할할 수 없다.

유언장을 잘 보관하고 제대로 효력을 발휘하도록 하려면 유언장 안에 변호사나 세무사를 유언 집행자로 지정해야 한다. 유언 집행자는 상속인의 대리인이나 마찬가지다. 유언 집행자는 본인이 사망한 후에 유언이 올바르게 집행될 수 있도록 등기, 유증(遺贈 : 유언에 따라 유산의 전부 또는 일부를 무상으로 다른 사람에게 물려줌. 또는 그런 행위), 상속 재산 관리, 기타 필요한 모든 절차를 실행한다.

일단 유언 집행자를 지정하면 온 가족이 모인 자리에서 그 사실을 알려두는 편이 좋다. 그래야 본인이 사망한 후에 유언 집행을 신속하게 할 수 있고, 상속 분쟁을 조금이나마 덜 수 있다.

은행의 대여 금고를 이용하는 것도 한 방법이다. 도난, 분실, 화재로 말미암은 소실을 막을 수 있기 때문이다. 단, 유언장을 대여 금고에 맡겼다는 사실을 가족에게 미리 알려야 한다.

신탁 은행에서 '유언 신탁'을 이용하는 방법도 있다.

공정 증서 유언을 작성할 때 신탁 은행 직원이 증인으로 참석하고 정본과 등본을 보관한다. 그들은 본인이 사망한 후에는 유언 집행자로서 유언 내용에 따라 재산을 분할하여 물려주는 절차를 맡아준다. 비용이 들어가지만 '유산 정리 업무'로서 유산 분할 협의서를 바탕으로 부동산 상속 등기, 예금과 주식의 명의 변경, 환가 처분(換價處分 : 토지, 건물, 기계 따위의 자산을 현금화하는 행위)에 따른 분할 수속 대행 등을 맡길 수 있다.

맺음말

지금 이 순간에 최선을 다해 살아라

7년 전, 당시 고등학교 3학년이던 아들이 '아버지, 전 달리는 변호사가 될 거예요'라고 말했다.

아들은 고교 대회에서 우승한 경력이 있는 촉망받는 운동 선수이기도 했다. 여러 대학에서 추천 입학을 권유했는데 그중에는 높은 사법 시험 합격률을 자랑하는 대학도 있었다.

그런 아들에게 나는 말했다.

"달리기와 사법 시험을 모두 다 잘할 수는 없단다. 아버지의 뒤를 이을 생각 말고 네가 진정으로 원하는 길을 선택해라. 정말로 원해서 하는 일이라면 나는 기꺼이 너를 돕겠다."

현재 스물다섯 살이 된 아들은 세계적인 운동 선수로서 성공을 눈앞에 두고 있다. 아들에게 변호사를 강요하지 않은 내 선택은 옳았다.

나는 서른넷에 악성 림프종을 앓았다. 이는 혈액 암의 일종으로 위벽에 착상하여 위전적 수술(胃全摘手術)을 받아야 했다. 그러나 다음 해 재발했다. 암세포가 몸 전체에 퍼져 더는 수술도 할 수 없었다. 그때부터 7년 동안 항암 치료를 받으며 투병 생활을 했다.

나는 죽음을 극복하고자 힘든 싸움을 시작했다. 이상하게도 두려움은 없었다. 암과 싸우면서도 늘 긍정적인 내 모습을 보고 주위에서는 '암 연구 병동의 빛나는 별'이라 입을 모았다.

　투병 생활은 내 삶에 변화를 가져왔다. 결코 포기해서는 안 된다는 것, 미래가 아닌 지금 이 순간을 위해 최선을 다해 살아야 한다는 것을 깨달았다. 또한 그런 자세가 역경을 이겨낼 수 있는 원동력이 되었다.

　동료들을 대하는 태도도 달라졌다. 입원과 퇴원을 반복한 나는 동료들과 팀을 이루지 않으면 일을 하지 못했다. 그때 나는 자신이 정말로 해야 할 일은 최선을 다해서 하고, 나머지는 동료를 믿고 맡겨야 한다는 사실을 깨달았다. 동료의 소중함, 진정한 동료를 만드는 기술을 배운 것이다.

　동료들을 대하는 태도가 달라지면서 우수한 인재와 동료들이 모여들기 시작했다. 좋은 동료와 열심히 일하고, 의뢰인에게 기쁨을 줄 수 있도록 노력하자 성공도 뒤따랐다.

　이 책에서 다룬 사건은 모두 동료들과 팀을 이루어 해결한 사건들이다. 나는 내 법률 사무소에 소속된 젊은 변호사나 중견 변호사들을 대할 때마다 마치 가족을 대하듯 애정을 쏟는다. 그들 역시 나를 믿고 최선을 다해 일한다. 모두 불황이라고 말하지만 요코타(橫田) 미군 기지 소음 소송, 전후 보상 문제, 외국인 인권 사건 등 우리 사무소는 사회적으로 매우 가치있는 사건을 해결하느라 1분 1초가 아까울 지경이다.

타고난 능력과 주어진 환경 속에서 최선을 다해 산다면 나는 그것으로 족하다고 생각한다. 한평생 벌어들인 돈의 액수, 축적한 재산, 그런 것들은 그렇게 중요하지 않다. 정말로 중요한 것은 그 사람이 살면서 무엇을 했느냐이다. 유형의 재산을 남길 필요는 없다. 자신과 인연을 맺은 사람들의 가슴속에 무형의 재산, 곧 문화를 남기기만 하면 된다.

끝으로 취재에 응해주신 사건의 의뢰인들, 내 동료들에게 감사의 뜻을 전한다.

—사토 가즈토시

유형의 재산을 남길 필요는 없다.
자신과 인연을 맺은 사람들의 가슴속에 무형의 재산,
곧 문화를 남기기만 하면 된다.

상대를 한눈에 꿰뚫는다!!
한눈에 알게 되는 그와 그녀의 속 · 사정(事情)!

■ 한눈에 상대방의 심리를 꿰뚫어 보는 법
캄바 와타루 지음 / 김진수 옮김 | 값 8,000원

궁금하지 않나요?
상대가 어떤 사람인지, 나를 어떻게 생각하는지.

알고 싶지 않나요?
자신의 행동이 타인에게 어떻게 비치는지.

바라지 않나요?
보다 예쁘게, 좀더 멋지게, 한층 더 의미 있게,
상대에게 다가가기를.

사소한 말과 동작에 나타나는 상대의 복잡한 심리!
간단히 파악하고 절묘하게 이용하여 처세의 달인이 되자!

도서출판 **청어람** www.chungeoram.com ● TEL : 032-656-4452/54 ● FAX : 032-656-4453 ● Email : eoram99@chol.com